目次

蛍の出逢い

1

奥佳墨《おくよしずみ》は、いつの間にか連れのグループとはぐれてしまった。はぐれたといっても、都内のホテルの庭園の中である。

金で購《あがな》った広大な敷地に滝を落とし、水を流し、森林を移植し、都内とはおもえないような自然を造成してしまった。ここが都内であることはわかっていても、夜間、人工森林の奥に一人取り残されると、深山幽谷《しんざんゆうこく》に迷い込んだかのような心細さをおぼえる。その心細さも金の力で購ったものである。

奥は友人に誘われて、ふと心の赴くまま蛍見物について来た。蛍といっても、都内のホテルが集客のアトラクションとして養殖蛍を夏の限られた期間、人工の水辺に放ったものである。

奥は蛍などという生物がこの世に存在することを、久しく忘れていた。

彼が幼いころ、東京から遠く離れた郷里の町で、蛍を見たことがある。母親に連れられて行った水辺で、蛍の群が、まるで別の世界からの信号のようにあえかな発光をしていた。それは夢とうつつの境界の幻影のように、彼の幼時の淡い記憶として烟《けむ》っている。

母はまだ若く美しく、水辺からすくい取った一匹の蛍を両手の間に囲って、奥の前に差し出した。蛍は母の手の中で明滅していた。それはあたかも母の手が発光しているように見えた。

母はその蛍をまた水辺に戻した。命拾いをした蛍は、水辺を鏤《ちりば》めている無数の光点の中にまぎれて見分けがつかなくなった。

友人から誘われたとき、忘れていた若いころの母の面影をおもいだした。母の手の中で明滅していた蛍は、奥の荒廃した心の中で永遠の郷愁のように発光していた。

奥が柄にもなく蛍見物に誘い出されたのは、蛍と幼時の郷愁が重なった《オーバーラップした》からであろう。

ホテルの蛍は自然の蛍には及ぶべくもないが、それだけに都内の人工水辺で必死に発光している姿はいじらしく、けなげであった。

人工流水のほとりで蛍に見とれている間に、奥は連れのグループとはぐれてしまった。蛍見物の客も広大な人工庭園にばらけて、周囲に人の気配がない。造成された森林ではあっても、けっこう高木の集団があり、森の中には低木や草が生い茂り、林床には苔《こけ》が生え、背丈の低い草の間に各種の昆虫が棲《す》み着いているようである。

連れの去った方角を追いかけて行くと、水辺に心細そうにうずくまって蛍を見ている若い女性がいた。奥同様に、連れにはぐれてしまったらしい。奥の気配に、連れから置き去りにされて心細くなっていた女性は、ほっとしたようである。

「源氏《げんじ》蛍と平家蛍はどのようにちがうのですか」

と女性の方から声をかけてきた。

奥のいいかげんな答えに、女性は満足したようにうなずいて、蛍の方に視線を向けた。答えなどどうでもよく、奥と言葉を交わすことによって、心細さを紛らそうとしただけのようである。

二人は初めから連れ立って来たかのように、肩を並べてしばらく蛍を見ていた。たがいに名も知らぬ二人であったが、すでに長い知り合いのような親和的な雰囲気が生まれていた。

周囲から柔らかく切り離されて、透明なカプセルの中に閉じ込められたかのように、二人だけの世界に浸っていた。蛍の淡い光が、女性の形のよい横顔を、美しい幻のように照らしだした。奥は彼女の横顔に、若く美しかった母の横顔を重ねていた。二人の間には一種の暗黙の了解が成立していた。

そのとき、少し離れた方角から女性の連れが呼ぶらしい声がした。二人を閉じ込めていた透明なカプセルは破れた。

「どうも有り難うございました」

女性は奥に礼を言って、連れの声がした方角に立ち去って行った。

一人取り残された奥は、はっと我に返り女性の後を追った。だが、道は行き止まりとなり、途中に脇《わき》に逸《そ》れる横道も見つからない。森の奥は濃い闇《やみ》に塗り潰《つぶ》されている。奥は彼女が森の闇に吸い込まれてしまったような気がした。

回遊路に出て、ホテルの館内に戻っても、それらしき女性の姿は見えなかった。

奥は夏の一夜、蛍の精が女性に化身して、彼と言葉を交わしたような気がしてならなかった。

2

棟居弘一良《むねすえこういちろう》は、最近入会した句会からの帰途、地下鉄に乗ろうとしてなにげなくコートのポケットの奥を探った。なにかが指先に触れた。棟居は首をかしげた。

棟居はそんなところにものを入れない。指先に触れたものをつまみ出してみると、カードであった。もちろん棟居には心当たりがない。

会場の小料理屋の店員から渡されたコートを羽織ったときは、べつになんともおもわなかったが、ポケットに入れた指先が、いつものコートとちがってなんとなくおさまりが悪い。

棟居は、はっとした。彼のコートではない。生地、色合い、仕立て、重さ、風合いなど、まったく棟居のコートと同じであったが、彼のものではなかった。店の者が自信をもって差し出し、棟居も少し酒が入っていたので、自分のコートと信じて羽織って来てしまった。

明るいところで改めてカードを見ると、ホテルのキイカードであった。ベルサイユホテルというホテル名と、ルームナンバーらしい501という番号が打刻してある。まちがえたコートの持ち主が、最近使用したホテルのキイカードを返却せずに、ポケットに入れたまま持って来てしまったのであろう。

ベルサイユホテルという名前にはおぼえがあるが、咄嗟《とっさ》に所在地をおもい出せない。

改めてコートを見ると、棟居のコートとまったくコピーのように似ているが、着ずれやボタンの位置などが微妙にちがう。裏地に岩井《いわい》というネームの縫《ぬ》い取りがあった。今夜参加した句会の同人の一人であろう。これから会場に戻っても、散会後であるから、岩井も帰った後であろう。

棟居は入会間もないので、岩井の住所も連絡先も知らない。今夜はこのまま岩井のコートを羽織って帰り、明日、岩井の住所を調べて連絡すればよいと考えた。

岩井もおそらくコートをまちがえたことにまだ気がつかないであろう。コートがなくても過ごせる陽気になっているので、さして不便をあたえることもあるまいと、棟居はおもった。

棟居は最近、俳句に興味をおぼえている。もともと俳句は好きで、おもいだしたように自己流の句をひねっていたが、たまたま目に触れた句誌の主宰者が提唱する魂の一行詩運動に共鳴して、俳句結社「蚊取線香」に入会したのである。

——俳句は「いのち」も「たましひ」も注ぎ込む価値のある器。自らの生き方、生きざまを描くものである。つまり、「たましひ」に訴えていくもの。——

として、俳句の定型に縛られることのないエネルギーを持った一行詩が生まれるという主宰者の主張に共鳴した。

俳句は五・七・五の十七音に凝縮されるがゆえに、技巧的、装飾的であり、約束事(文法や制約)が多い難しいものという先入観を持っていた棟居は、魂の一行詩という言葉の呪縛《じゅばく》から解放されたアピールに新鮮な魅力をおぼえた。

棟居は俳人ではない。俳人になるつもりもない。凶悪犯罪の捜査員として血腥《ちなまぐさ》い現場から現場へと飛び歩いている彼は、俳句というわび、さびの世界から最も遠い環境にいるといえるであろう。

そんな職性であるので、事件が発生すればいつでも現場に引っぱりだされる。俳句の同人になっても、定例句会に定期的に出席することは不可能である。だが、「いのち」と「たましひ」を詠《うた》う一行詩によって、現場の血にまみれた心身を禊《みそ》げるような気がした。

棟居はこれまで禊《みそぎ》の場として、たまの休暇を利用して山に登ったが、山は簡単には行けない。その点、句会は事件さえなければ、気軽に出席できる。また、事件にかかっていても、短い時間であれば出席できるかもしれない。

そんな気持ちから入会したのであるが、蚊取線香の同人たちは、およそ棟居がイメージした俳人集団とは異なるものであった。

職業も、商店主、ホステス、元自衛隊員、銀行員、公務員、医者、芸者、編集者、タクシー運転手、カメラマン、便利屋、美容師、ボクサー、その他正体不明の人間など、社会の八方から集まってきている。まさに多士済々であった。

句会でもあまり俳句はつくらず、酒を飲みながら盛り上がる時間の方が多い。それでいて、おもいだしたように詠む俳句が、いずれも尋常ではない人生を反映している深みのある作品であった。

棟居はおっかなびっくり投句したところ、いきなり主宰者以下、何人かの同人に特選に推されて面食らった。

今夜は棟居が出席した二度目の句会であった。コートをまちがえた相手は、棟居が初めて出席した前回、彼の作品を特選に推してくれた一人である。岩井隆司《りゅうじ》、句歴三年、写真作家と自己紹介した敏捷《びんしょう》な感じの四十前後の人物であったが、詳細は不明である。

コートをまちがえたくらいであるから、背格好、体つきなど、棟居とほぼ同じである。

句会から帰宅した棟居は、なにげなくひねったテレビ画面に目を向けて、ベルサイユホテルをおもいだした。

折しも、テレビは新宿・歌舞伎町《かぶきちょう》のルポを放映していた。最近、とみに国際化してきている歌舞伎町の現状を、レポーターが現地の住人や観光客のコメントを交えて報告している。日本の暴力団の抗争にかわって、外国人、特に中国人同士の抗争が増えているという。けばけばしい風俗系の看板に混じって、ベルサイユホテルの看板が見えた。

棟居はおもいだした。それは歌舞伎町にあるラブホテルである。一応、シティホテルの看板を出してはいるが、利用客はラブホテルの意識である。シティホテル並みに設備がよく、東洋一の風俗街・歌舞伎町のど真ん中にあるので、コールガールの拠点ともなっている。暴力団に乗っ取られかけたこともあり、問題の多いホテルである。

棟居は、キイカードから、なぜホテルの素性をすぐおもいだせなかったのか不思議におもった。やはり句会という、棟居にとっては非日常の環境からの帰途であったせいかもしれない。

前後して、棟居は最近、ベルサイユホテルで発生したある事件をおもいだした。

数日前の深夜、同ホテルに宿泊した一人の男性客が、五階の部屋から飛び降り自殺を企て、直下に居合わせた通行人を巻き添えにしたという事件である。

不幸中の幸いにも、通行人は軽傷で助かったが、飛び降りた客は全身打撲で死亡した。そのホテルのキイカードが岩井のコートのポケットに入っていたのである。棟居は偶然の一致に驚いた。

もしかすると、もっと偶然が重なっているかもしれない可能性を、棟居は考えた。ホテルに返し忘れたキイカードを長期間、コートのポケットに保存しているとはおもえない。

棟居は、ホテルで飛び降り自殺が起きた当夜、岩井が同じホテルに居合わせたのではないかと想像してみた。もしそうだとすれば、岩井は事件を目撃したかもしれない。

棟居は早速、当夜の事件を報道した新聞を取り出した。少し前のことなので、まだ廃棄していない。

事件の報道記事の大要は次のようなものであった。

「×月×日午後十一時ごろ、ベルサイユホテル５０２号室に入室した新和モーター販売社員山上章《やまがみあきら》さん（31）が、午前零時三十分ごろ、五階の部屋のベランダから飛び降り、直下の駐車場に居合わせた本堂政彦《ほんどうまさひこ》さん（24）に衝突した。本堂さんは軽傷で生命に別条はないが、山上さんは全身打撲で、救急車で病院に搬送中死亡した。室内に遺書はなく、山上さんが飛び降りた理由は不明である」

記事を読んだ棟居は、重なり合う偶然に、束の間、凝然《ぎょうぜん》となった。

岩井は投身自殺が発生した同じ夜、同じホテルに居合わせたとしたら、自殺者の隣室にチェックインしていたことになる。岩井が事件の一部始終を目撃していた可能性は、さらに高くなったのである。

所轄署では、いまのところ事件性はないという姿勢である。新宿署にはお馴染《なじ》みの牛尾《うしお》刑事がいる。この事件に興味を持った棟居は、牛尾に連絡を取った。牛尾であれば、所轄の大勢が事件性なしという姿勢であっても、別の見方をしているかもしれないとおもった。

遅い時間ではあったが、牛尾は署に居合わせた。

「やあ、やっぱり棟《ムネ》居さん、この事件に目をつけましたか。たしかに事件性は薄いのですが、どうも腑《ふ》に落ちない点がありましてね」

牛尾は棟居の問い合わせに、我が意を得たりというように反応した。

「なにが腑に落ちないのですか」

「山上章は独身ですが、周囲の人間に聞いても、自殺するような動機がありません。辣腕《らつわん》のセールスマンでしてね、売り上げの成績はいつも会社のトップクラスでした。私生活もかなり発展していた模様です。特に親しくしていた女性も複数いたようです。自殺の動機は見当たりませんが、自殺を偽装した他殺の線も見えてきません。暴力団とのつき合いもなく、複数の異性関係はあっても、いずれもプレイとして割り切り、痴情《ちじょう》、怨恨《えんこん》はないようです」

「すると、自殺も他殺も動機がないのに、ホテルの部屋から飛び降りて死んだということですね」

「そうです。だから、腑に落ちないのですよ」

「過失ということはありませんか」

「その可能性はあります。しかし、酔っていた形跡もなく、ベランダから誤って転落するようなドジな人間像としては無理があります。

それにもう一つ、腑に落ちないことがあります」

「もう一つ……？」

「ホテルの部屋から飛び降りた山上の巻き添えを食った人物です」

「ああ、本堂某《なにがし》という直下に居合わせて衝突したという男性ですね」

「そうです」

「その人物がどうかしたのですか」

「不幸中の幸いに、気配に気づいて、咄嗟に身を躱《かわ》したので軽傷ですんだのですが、なぜか彼の挙動がおかしいのです」

「ラブホテルの駐車場に居合わせたことを知られたくなかったのではありませんか」

「そうだとおもいます。彼が巻き添えを食ったときは、同伴者はいませんでした。たぶんホテルの部屋で女性と合流する予定だったのでしょう。報道にも、名前だけで、職業や住所は明らかにされていません。ラブホテルで合流する予定であった女性との関係が公にされては都合の悪い事情があったのでしょう。しかし、軽傷を負ったのにもかかわらず、出場して来た救急車を断り、最小限の事情聴取にも応ぜず、現場から逃げるように立ち去ってしまいました。私にはどうも別の事情があったようにおもえてならないのですよ」

「つまり、待ち合わせていた女性との関係を秘匿《ひとく》するよりも、もっと都合の悪い事情が本堂氏にあったということですか」

「そうです。当夜、事件発生少し前に、連れが後から到着すると言って入室した若い人妻風の女性がいます。フロント係は以前に何度か彼女が本堂氏と一緒に来館したことをおぼえていたので、先に部屋に通したと言っています。事件発生後、彼女の姿はいつの間にかホテルから消えていたそうです。本堂氏がホテルで待ち合わせていたのは、その女性ではないかと推測されます。

　本堂氏は巻き添えを食った被害者であり、我々は本堂氏のプライバシーには興味はありません。仮に本堂氏が事件の関係者であったとしても、プライバシーは最大限に尊重します。本堂政彦氏は本堂政方《まさかた》氏の子息であり、父親の私設秘書を務めています」

「本堂政方氏というと、民友党幹事長の本堂政方……」

「そうです。その本堂政方氏です」

「なるほど。与党の大番頭、次の政権も射程に入れているという本堂政方氏の子息であり、父親の私設秘書となると、なにか別の事情があったのではないかと疑いたくなりますね」

「本堂政方氏は公私共に賑《にぎ》やかな話題の持ち主です。その子息がラブホテルで人妻風の女性と忍び逢っていたことが公にされては、父親に迷惑をかけるかもしれません。しかし、それならば、なぜ救急車が駆けつけて来る前に現場から逃げなかったのか。当夜の救急車のレスポンスタイムは六分です。その間に政彦氏に行動能力は充分残されていました」

「政彦氏本人が救急車を呼んだのですか」

「いいえ。近くに居合わせたらしい匿名の男性から携帯電話で一一九番に通報が入りました」

「すると、匿名の人物が現場の近くに居合わせたことになりますね」

「そうです」

「通報者はなぜ匿名にしたのでしょう。携帯の所有者はわからないのですか」

「プリペイドの携帯からでした。一一九番の有線受付台が名前を聞いたときは、一方的に電話を切られたそうです」

「すると、通報者にも名前を明かしたくない事情があったということになりますか」

「通報はしたが、警察と関《かか》わり合いたくないという人は少なくありません。彼は通報後、救急車が出場して来るまで現場にいた形跡があります。救急車の到着を待って、現場から立ち去ったようです」

「なぜ、そのことがわかったのですか」

「推測ですよ。本堂政彦氏は行動能力がありながら救急車が到着するまで、現場に留《とど》まっていたことから……」

「あ、そうか。つまり、政彦氏は通報者に見張られていたということですね」

「政彦氏は現場から逃げたくても逃げられなかった。救急車の搬送を拒絶して現場から立ち去ったのは、すでに事件を通報した〝見張り〟がいなくなっていたからでしょう」

「その匿名の通報者は政彦氏のためではなく、墜落してきた山上氏のために通報したのかもしれませんね」

「その可能性が高いとおもいます。山上氏が墜落した地上に、たまたま政彦氏が居合わせて巻き添えを食った。政彦氏は軽傷で、事件と関わり合うのを嫌って現場から立ち去ろうとしたが、通報者がそれを許さなかった。つまり、通報者と政彦氏の間には、事件発生前からなんらかのつながりがあった……私の推測ですがね」

「充分可能性がありますよ。つまり、政彦氏にはホテルで落ち合う予定であった女性との関係と同時に、通報者とのつながりも知られたくない事情があったのではないかと……」

「さすがは棟居《ムネ》さん、鋭いですね。しかし、私の意見は通りませんでした。考えすぎということです。仮に政彦氏と通報者の間になんらかのつながりがあったとしても、政彦氏が救急車を拒んだこととは関係がないという結論でした。政彦氏は自殺の巻き添えを食っただけで、事件性はないと判断されました」

牛尾は釈然《しゃくぜん》としないように言った。彼の意識には、この事件の余塵《よじん》がスモッグのようにわだかまっているのであろう。

3

棟居も牛尾の話を聞いて、〝スモッグ〟を移されたような気がした。牛尾は政彦の態度と、山上の自殺の動機がないことに不審をおぼえているようであるが、所轄署は事件性なしとして一件（正確には二件）落着にした。

本堂政彦が巻き添えを食っただけであるにしても、山上章の動機不明の自殺は、安易に事件性なしと判断すべきではない。

牛尾は、山上と本堂の間にはなんのつながりもなかったと言明した。したがって、本堂が単純に傍杖《そばづえ》を食ったとしても、山上までが事件性がないということにはならない。牛尾はこの点にも不満をおぼえているようである。

牛尾から事情を聴いて、一応の予備知識をたくわえた後、棟居は岩井隆司に会いに行った。彼に会う立派な口実がある。まちがって着て帰ってしまったコートを返しに行くと電話で告げると、岩井は大いに恐縮した。幸いに、現在担当している事件はない。

蚊取線香の事務所に問い合わせて聞いた岩井の住所は、杉並区内のアパートであった。岩井はフリーのカメラマンで、出版社と契約の仕事をしており、時どきあまり売れない写真集を出しているという。

まだ知り合って間もないが、棟居は岩井が句会で詠んだ俳句が心に残っている。

長き夜月の破片を拾いけり
虫すだく沈黙《しじま》の奥は虫の墓
花吹雪渦《うず》巻《ま》く中に我独り

棟居には、俳句の巧拙はわからなかったが、同人句集に岩井の俳句を見たとき、心に触れるような気がした。いわゆる、棟居の心の琴線に触れた感じであった。

岩井が撮った写真はまだ見たことがないが、いずれ機会があったら見たいとおもっている。

岩井は自宅近くの喫茶店を指定した。私鉄の駅の近くにあるその喫茶店で、岩井は待っていた。

ドアを押すと、芳醇《ほうじゅん》なコーヒーの香りが漂っている。コーヒー好きの棟居は、その香りを嗅《か》いだだけで、この店が尋常ではないコーヒーを出す店であることを察して、嬉《うれ》しくなった。岩井はすでに先着して待っていた。

「お忙しいのに、わざわざご足労いただいて恐縮です。場所と時間を指定してくだされば、私の方から出向きましたものを」

　と岩井は恐縮していた。棟居の素性は入会時にすでに自己紹介している。

「とんでもない。まちがったのは私の方です。ご不便をおかけしたとおもいます」

　棟居は畳《たた》んで紙袋に入れて来た岩井のコートを差し出した。岩井も棟居のコートを畳んで、同じような紙袋に入れて来ている。

「実は、棟居さんに言われるまで、私はコートがちがっていることに気がつきませんでした」

　岩井が苦笑しながら頭をかいた。

「私もポケットに手を入れるまでは気がつかなかったのですよ」

　と棟居も応じた。

「瓜《うり》二つといいますが、こんなにそっくりなコートがあるとは知りませんでした。まるでコートのクローンみたいですね。ポケットの中になにか入っていましたか」

　岩井が苦笑しながら棟居の顔色をうかがった。

「実は、こんなものが入っていました」

　岩井から水を向けられて、棟居は例のキイカードを差し出した。

「おや、カードのようですね」

　岩井は咄嗟にカードの素性をおもいだせないようである。

「カードです。ホテルのカードですよ。ベルサイユホテルというホテルにお心当たりはありませんか」

「ああ、ベルサイユ……ホテル……。あります、あります。新宿・歌舞伎町の取材に行ったとき、泊まったホテルです。ホテルのキイカードをフロントに返すのを忘れて、ポケットに入れて来ちゃったんだな」

岩井は悪びれずに言った。

「このカードのおかげで、私のコートではないことに気がつきました。すぐにご連絡しようとおもったのですが、連絡先がわからなかったので遅くなってしまいました」

「いや、私こそ失礼してしまいました。ご不便ではなかったですか」

「全然。なにせクローンのコートですからね」

「そうでした」

「ところで、このカードに501という数字が打刻してありますが、当夜、隣室の502号室でなにか騒ぎが起きませんでしたか」

棟居はそろりと探りを入れた。

「大変な騒動が起きましたよ。当夜、隣りの客がベランダから飛び降りて自殺をしたのです。さすがは刑事さんですね。カードのナンバーから私の隣室の騒動まで察してしまうのですから……」

岩井は驚嘆したようである。

「新聞に報道されていました。カードのナンバーから、もしかして岩井さんが泊まった部屋の隣りではないかとおもいましてね」

「実はですね、自殺したというお隣りさんには、私も少し責任を感じているんですよ」

岩井は妙なことを言い出した。

岩井はたまたま山上の部屋と隣り合っただけであろう。行きずりのホテルで隣り合っただけの者が、なぜ責任を感じるのか。

「その夜、チェックインして寝ようかなとおもっていた矢先、チャイムが鳴りました。ドアを開けると、廊下に見知らぬ若い女性が立っていたのです。女性は私に呼ばれたと言いました。コールガールが部屋をまちがえたのです。私は部屋まちがいと告げようとして、彼女の体線《ボディライン》が気に入り、部屋に通しました。

私は彼女の勘ちがいを利用して、自分の仕事を打ち明け、写真を撮らせてくれと申し出ました。なんと彼女は私の名前を知っていて、私のリクエストに応じてくれたのです。ホテルの部屋を即席のスタジオにして、彼女の写真を撮影しました。彼女を帰してから、私はもしかしたら、彼女は隣りの客に呼ばれたのではないかとおもいました。呼ばれたルームナンバーをまちがえて、私の部屋のチャイムを押してしまった。

一見《いちげん》の客であれば、部屋ちがいに気がつかなかったとおもいます。もし彼女がまちがわずに真《ま》っ直《す》ぐ隣室に通っていれば、隣りの客は死ななかったかもしれません。そうおもうと責任をおぼえます」

と言って、岩井は面を伏せた。

そのときコーヒーが運ばれて来た。予想した通り、香りといい、こくといい、間然するところのないコーヒーであった。

束《つか》の間《ま》、注意がコーヒーに逸れた。

「しかし、呼んだ女性が来なかったという理由だけで、ベランダから飛び降りたりはしないでしょう」

コーヒーを一喫した棟居は、岩井を慰めるように言った。

「私もそうおもったのですが、少なくとも女性がその場に居合わせれば、自分だけベランダから飛び降りられません。お隣りさんが当夜、二人でいるはずであった部屋に一人取り残されたことは、女性の部屋まちがいを知っていながら黙っていた私に責任があります」

「女性が帰った後、飛び降りたかもしれませんよ。末期《まつご》のおもいに女性を呼んだのかもしれません」

「棟居さんにそうおっしゃっていただくと、少し気持ちが救われます。あの夜以来、お隣りさんの飛び降り自殺がずっと心に引っかかっていました」

「部屋をまちがえたという女性の名前はわかっているのですか」

「じゅんこと言っていました。どういう字を書くのか知りません。なんでも『モナリザ』という店にいるので、また呼んでほしいと言っていました」

「『モナリザ』のじゅんこですね」

棟居は以前、牛尾から聞いた同じ店名をおもいだした。新宿のデートクラブで、そこに所属していた女性が殺害された事件を、牛尾と共に担当したことがある。

岩井から聞き出したことは以上であった。モナリザのじゅんこから事情を聴けば、山上についてもっと詳しいことがわかるかもしれない。

棟居が礼を述べて席から立ち上がりかけたとき、岩井が素早くテーブルから伝票を取り上げてしまった。

「せめてコーヒー代ぐらい、私に支払わせてください。そうでないと、棟居さんを帰しませんよ」

岩井は言った。

4

棟居は岩井に会った足を、新宿の「モナリザ」に延ばした。風俗業者に対しては、へたに事前に電話でアプローチしたりすると、警戒されたり、備えを立てられたりしてしまうことが多いので、無駄足《むだあし》覚悟で直接訪問《ヤサガリ》することにした。

モナリザは一階が飲食店や大人のおもちゃの店、二階以上がバー、クラブなどが入居している風俗ビルの四階にあった。ちょうど新宿が賑わい始める宵《よい》の口である。夜の戦士・女性軍がそろそろ出勤して来る時間帯である。

モナリザと書かれたドアを押すと、床に仕掛けがしてあるらしく、店の奥でチャイムが鳴った。内部は十数坪、奥に狭いカウンターがあり、ボックスが数席。一見するところ、普通のクラブやバーと変わりない。

カウンターに男が一人、右手の隅の席に若い女の子が三人固まっている。客の姿は見えない。この手の店は、店に直接足を運んで女の子を選ぶ客と、ホテルから呼ぶ客に分かれる。

店は女の子に、客に聞かれても携帯のナンバーはおしえないようにと指示している。客と女の子の間に直談《じきだん》（直接交渉）が成立すると、この手の店は成り立たなくなる。

チャイムと共に、店に居合わせた人間の視線が棟居に集まった。

「いらっしゃいま……」

カウンターから威勢よく呼びかけた声が途中で詰まった。どうやら棟居の素性を察知したらしい。法律の境界線上で営業しているこの手の店の人間は敏感である。

「じゅんこさんはいませんか」

棟居は隅の方に固まっている女性たちの方に視線を向けて問うた。

「潤子《じゅんこ》さんはまだですが、お約束ですか」

カウンターの男が構えたまま問うた。彼がマスターらしい。前回の捜査のときとマスターが替っている。

「紹介されてね」

その言葉に嘘《うそ》はない。

「潤子さんはもう少しすると出て来ます」

棟居の言葉に、少し構えを解いた店長が答えた。オーダーもしないのに、女性の一人が飲み物を運んで来た。棟居は飲み物に口をつけると、マスターに向かって、

「×月×日の夜十一時過ぎ、ベルサイユホテルから潤子さんを呼んだ客があったはずだが、おぼえていますか」

と問いかけた。

「当店では、そのような紹介はしておりませんが」

店長はいったん緩めかけた姿勢を改めて答えた。

「山上章という名前の客です。潤子さんを指名してきたはずだが」

「そのように言われても、手前どもは店の外からの女性の呼び出しには一切応じておりません」

「そんなはずはない。山上章さんは当夜、ベルサイユホテルの部屋から飛び降りて死んだ。山上さんが死ぬ前に、モナリザを通して潤子さんをホテルに呼んでいる。潤子さんがあんたからベルサイユホテルに行くようにと指示されたと言っているんだ。間もなく出勤して来る潤子さんに直接聞けば、すぐわかることだよ。人一人死んでいるんだ。あくまでも知らぬ存ぜぬを押し通すなら、新宿の牛尾《モー》さんを呼ぼうか。叩《たた》けば埃《ほこり》の出そうな身体《からだ》をしているじゃないか」

棟居に恫喝《どうかつ》されて、店長は、

「だ、旦那《だんな》、勘弁してください。べつにシラを切るつもりはありません。客と女の子が直接《ジキ》交渉《ダン》すると危険なことが多いので、女の子の安全のために間に入っているだけです」

「女の子の安全か。うまいことを言うね。それで潤子さんに山上氏の部屋に行くようにと指示をしたのか」

「客の名前は知りません。ベルサイユホテル502号室に行くようにと指示しただけです」

「502か。501ではないのか」

「502号室から潤子さんを指名してきたのだね」

「そうです。旦那、本当に勘弁してくださいよ。本来なら店でお見合いをするだけで、客と女の子が店外でなにをしようと、私どもは関知しません。あくまでも女の子の安全のために電話を取り次いだだけなんです」

「女の子の安全のために、名前も知らぬ客に取り次ぐのかね」

「客が指名するということは、女の子の馴染《なじ》みである証拠です。いちいち名前を詮索《せんさく》すると、客がいやがるのですよ」

「馴染みの客であれば、あんたも客の名前を知っているはずじゃないのかね。店でお見合いをさせているんだろう」

「山上さんなら、一度か二度、店にいらしたことがあります」

「一度かね、二度かね。二度なら二倍だ。だいぶ開きがあるぞ」

「二度です。そのとき潤子と見合いして気に入ったようです」

チャイムが鳴って、一人の女の子がドアを押して入って来た。

「潤子ちゃん」

マスターは半分ほっとしたような、また困惑したような声で迎えた。

棟居は潤子と向かい合った。

「あなたが潤子さんですね」

「そうです」

潤子はうなずいた。一見したところ、女子大生風。清楚《せいそ》な面立ちで服装も地味で、デートガールをしているようには見えない。だが、抑制した衣服の下の身体は成熟しているようである。それが職業的な年季を入れた岩井の目に留まったのであろう。

「ちょっと外に出られませんか」

棟居は言った。

潤子は店長の顔色をうかがった。棟居の素性を直感したようである。店長が承諾の目配せをした。店長のそばでは話しにくいだろうとおもって、棟居は近くの風林会館の喫茶店に連れ出した。潤子は少し訝《いぶか》しげな表情をしていたが、店長が許したので、安心して従《つ》いて来ている。

5

喫茶店で潤子と改めて向かい合った棟居は、

「警視庁の棟居と申します。あなたが岩井さんの部屋に行った夜のことについて、少々お尋ねしたいことがあります」

とおもむろに切り出した。潤子は改めて水沢《みずさわ》潤子と名乗った。

「岩井さんには写真を撮ってもらっただけで、それ以外のことはしませんでした」

潤子の言葉は、岩井の話を裏づけた。だが、棟居は岩井と潤子がホテルの部屋でなにをしようと関心はない。

「あなたは当夜、岩井さんの部屋に行ったそうですが、モナリザの店長はあなたに、502号室に行くようにと指示したと言っていますよ」

「あら、私はたしか501号室と聞いたようにおもいますけど」

潤子は驚いたような顔をした。

「後で店長に確認してください。あなたが聞きちがえたのだとおもいます」

「でも、もし部屋をまちがえたのなら、岩井さんが呼んだおぼえはないと言うはずでしょう」

「岩井さんは、あなたが部屋をまちがえたとすぐに気づいたそうですが、あなたを見て気に入ったと言っています。カメラマンですから、あなたが優れた写材《モデル》であることを咄嗟に感じ取ったのでしょう」

「すると、私を呼んだお客さんは502号室で膝を抱えていたということですか」

「そうです。当夜、あなたが呼ばれていた502号室の客が、ベランダから飛び降りて死んだというニュースは聞きませんでしたか」

「後でニュースを見て驚きました。私が岩井さんの部屋から帰った後、飛び降りたようです。飛び降りた人が私を呼んだお客さんだったとしたら、どうして……」

潤子の表情は混乱していた。

「あなたは当夜、502号室にいた山上章という人におぼえはありませんか。店長は山上さんがあなたを二度指名したと言っていますよ」

「その山上さんなら知っています。でも、まさか飛び降り自殺をした人が、その山上さんだとは知りませんでした」

「まだ自殺とは確かめられていません」

「自殺ではないというと、殺された……とか」

潤子の顔色が青ざめた。

「事故の可能性もあります。あなたは当夜、山上さんの部屋に行くはずだった。山上さんが飛び降りて死んだことについて、なにか心当たりはありませんか」

「そういわれても、二回おつき合いしただけで、詳しいことはなにも知りません。住所もお仕事も、お名前もご本人が言っただけで、本名かどうかわかりません」

「店長は当夜、山上さんがあなたをホテルの部屋から指名したと言っていますが、それ以前に予約はありませんでしたか」

「いいえ。当夜、出先にいた私の携帯に店長から電話が入って、ベルサイユホテルに行くようにと指示されたのです。501号と聞いたようにおもって、いまにしておもえば確認すべきでした」

潤子は部屋番号をまちがえたことが、山上の死に関わっているような気がしたらしい。

棟居の手弁当捜査もそこまでであった。個人的な興味から、事件のないのを奇貨として、たまたま手中に迷い込んだ形のキイカードにまつわる〝事件〟を追跡してみたが、結局、デートガールの単純な部屋まちがいに終わった。

だが、棟居の意識には釈然としないものが澱《おり》のように残った。山上はなぜホテルの部屋から飛び降りたのか。本堂政彦はなぜ救急車を拒んで、現場から逃げるように立ち去ったのか。通報者はなぜ匿名《とくめい》にしたのか。それらの謎《なぞ》が解けぬまま、棟居の意識にべったりと張りついている。

張りついていたところで、どうにもならない。棟居が担当しているわけでもなく、所轄署では事件性なしと判断したのである。

棟居がキイカードの手弁当捜査から帰庁すると、今度は牛尾が訪ねて来た。棟居も牛尾に、自分の手弁当捜査の結果を報告したいとおもっていた矢先であった。

「例のベルサイユホテル飛び降り事件の傍杖を食った本堂政彦氏ですが、意外な事情が浮かんできましたよ」

牛尾が表情を改めて言った。わざわざ彼が訪ねて来たところを見ると、新たに浮かんだ事情とは尋常ではなさそうである。棟居も姿勢を改めた。

「どうも腑に落ちなかったので、山上氏が墜落した現場を個人的に再度調べましてね、こんなものを発見したのです」

牛尾は棟居の前に一枚の写真を差し出した。一見したところ、画像はベージュ色の粗い塗り壁のようで、中央部が抉《えぐ》られたように窪《くぼ》んでいる。

「建物の壁のようですね」

「そうです。壁ですよ。ベルサイユホテルの壁です」

「ああ、ベルサイユホテルの……」

棟居は、ラブホテルというよりは瀟洒《しょうしゃ》なスペイン風のマンションのような同ホテルの外観をおもい浮かべた。

「この写真は、私が撮影したベルサイユホテルの山上氏が飛び降りた地上近くの壁の一部です。中央部が抉られたようになっているでしょう」

牛尾が写真中央部を指さした。

「ええ。私も気になりました。なんですか、これは」

「銃弾がめり込んだ痕《あと》だとおもいます」

「銃弾」

「弾は残っていませんでしたよ。何者かがホテルの壁に銃弾を撃ち込んだ後、弾を取り出してしまったようです。抉りだした痕が新しい。そして、この銃弾のめり込んだ場所から約二メートルの位置に、山上氏は落下してきて、そこに立っていた本堂政彦氏にぶつかったのです」

「つまり、壁にめり込んだ銃弾は、本堂氏を狙撃《そげき》した可能性があるということですか」

「私はそのように考えています。落下してきた山上氏を狙《ねら》うはずがない。壁の弾痕《だんこん》と本堂氏が立っていた位置を結んだ延長線は、駐車場の最奥部にある雑品庫になります。犯人はその雑品庫に隠れて本堂氏を待ち伏せし、狙撃したのだとおもいます」

「引き金を引くと同時に、山上氏が墜落してきて、狙いが狂い、弾が本堂氏の背後の壁にめり込んだということですか」

棟居は牛尾の容易ならぬ言葉に緊張した。

「そうです。山上氏が本堂氏の上に落下しなければ、弾は本堂氏に命中していたかもしれません。山上氏の意外な介入《かいにゅう》で、狙撃に失敗した犯人は、後から現場に戻って、壁にめり込んだ弾を取り出したのでしょう」

「狙撃者が救急車を呼んで、その到着を確認してから現場を立ち去り、後刻、現場に戻って壁から弾を取り出したということですか。あるいは救急車が到着する前に、弾も取り出したのでしょうか」

「たぶんいったん現場から立ち去った後、戻って来て取り出したのでしょう。救急車が到着するまでのレスポンスタイム内では、現場を探して弾を取り出すのは時間的に無理です。それに本堂氏に顔を見られる虞《おそれ》があります」

「もしそうだとすれば、狙撃者はなぜ本堂に止《とど》めを刺さなかったのでしょう。救急車が到着するまでに止めを刺す時間は充分にあったとおもいますが」

「その点、私も不思議におもっています。考えられるのは、一発必中の狙撃が失敗したので、犯人が気勢を削《そ》がれてしまったのかもしれません」

「本堂氏は山上氏に衝突されると同時に、狙撃されたことも知っていたのでしょうか」

「おそらく知っていたとおもいます。だから、第二の狙撃が恐ろしくて、現場から動けなくなったのではないでしょうか」

「本堂氏が狙撃されたことを知っていたとすれば、なぜそのことを黙秘していたのですか」

「狙撃される理由に、なにか後ろ暗い事情があったのでしょう」

「本堂氏の軽傷も、山上氏の落下によるものではないかもしれませんね」

「私もその可能性を考えていました。救急車で病院に搬送されれば、受傷の原因が山上氏以外であることがわかってしまいます。銃で撃たれたことがわかれば、警察が入って来ます。本堂氏は警察の介入を避けるために、あくまでも山上氏の落下による受傷ということにして現場から逃げた……と私は考えています」

「牛尾《モー》さんは弾痕の発見をどう扱うつもりですか」

「すでに一件落着した事件に、弾痕の発見を持ち込んでも動かせません。被害者は被害を秘匿しています。当面、手弁当で本堂氏の身辺を洗ってみますよ。ただ、棟居《ムネ》さんの耳には入れておきたくてね。同志がいないと寂しい」

　と牛尾は照れくさそうに笑った。

「同志とは嬉しいですね。私もこの事件には浅からぬ因縁をおぼえています。当面、二人の手弁当でやりましょう」

　棟居からも〝手弁当〟の報告をして、二人は固い握手をした。

コートちがいによるキイカードの発見から、事件は意外な展開を見せそうである。

牛尾説に従うと、本堂政彦を狙った狙撃者がいる。狙撃者はまだ目的を達していない。想定外の山上の〝介入〟によって、最初の狙撃は失敗したが、第二、第三の狙撃があるかもしれない。

　狙撃の動機はなにか。本堂は狙撃されたことを察知したので、当然備えを立てるであろう。

女性の天敵

1

　奥佳墨は月光の影に身を潜《ひそ》めて待っていた。狙撃はただひたすら待つことに尽きる。照準に捕捉《ほそく》すれば、すでにターゲットは俎上《そじょう》の魚《うお》である。

　夜空に高く月が冴《さ》え、月光が熾《さか》んであった。月の明るい夜は闇が一際濃く感じられる。そんな闇の溜《た》まりに潜んで、何度《いくたび》、ターゲットを狙ったことか。百発百中、これまで狙った獲物を失中（的を外す）したことはない。

　奥にとって引き金を引く行為は日常の延長である。テレビのスイッチや、自動販売機のボタンをプッシュするのとなんら変わりはない。彼にとって待つ時間が非日常なのである。

　これまで重ねてきた多数の仕事で、行き当たりばったり、衝動的な仕事は一件もない。獲物《ターゲット》の日常の行動《ライフ・パターン》、趣味、キャリア、異性関係、学歴などから家族構成に至るまで、綿密な予備調査をして、その悪業に終止符を打つべく待ち伏せする。

待ち伏せは夜が多い。獲物が昼間しか動かない場合のみ昼の待ち伏せとなる。深夜、満天の星の光や、熾んな月光を受けて、ひたすら獲物を待っているとき、奥は自らの生きざまについておもう。

人の生命線を断つことを生業にしている我が身は、いずれは同じような生業の者に命を奪われるであろう。それは弱肉強食、この世の密林に生きる者の宿命である。それにしても、これから殺すべき人間を闇に潜んで待ち伏せしている目に、星や月光が美しく映じるとはどういうことであろうか。

月見や星祭りの名所に杖を曳《ひ》き、夜空を観賞している粋人と同じ心境になっている。同じ心境になり得ることがおぞましい。

月光には一種の毒があるような気がする。月光の毒を浴びて、人を殺す引き金を日常として引くことができるのであろうか。

こうして待つことしばし。予備調査を裏づけるように、ライフ・パターン通りに獲物が現われる。照準に捕らえて引き金を引く一瞬。

たしかに行為そのものとしては、テレビのスイッチや家電器具のボタンを押すのと同じである。だが、絶対にちがうなにかがある。それは未踏峰の絶頂数歩前と同じようなものであろう。

　人間の足跡を拒否しつづけた絶頂数歩前は、その辺の平凡な小山となんら変わるところはない。だが、決定的にちがうなにかがある。それは同じ数歩にしても、そこに達するまでの数千メートルの高度差であろう。

　人を殺すための行為と、日常的な行為がまったく同じ動作であったとしても、その差は未踏峰と丘のちがいのように大きい。

　だが、奥にはそのちがいがわからなくなってきている。それが恐ろしく、おぞましくおもえる。

　まだ、そのようにおもえる間はよい。このごろ奥は、獲物を待ち伏せして、月光を浴びている間に、むしろ心が昂《たかぶ》り、引き金を引くことに喜びをおぼえるようになっている。そんな高揚は精神の安定を失わせ、照準を狂わせる。それも月光の毒のなせる業《わざ》かもしれない。

　闇に身をひそめるのは、獲物に気づかせないためだけではなく、月光の毒を避けるためでもある。

　奥の正体を知る者はいない。社会的には「売れない作家」となっている。一年に一作ないし三年に二作、売れない本を小さな出版社から出している。それでも一応作家である。妻も世間も、彼が作家であることを疑っていない。

一年一作でも、作家であることには変わりはないが、奥自身にとっては、作家は隠れ蓑《カムフラージュ》である。隠れ蓑であるから、売れなくても一向に差《さ》し支《つか》えない。むしろ、ベストセラーを著わして、作家として著名になっては困るのである。

ただ一人の家族である妻は、戸籍に入れていない。夫婦別姓であり、同居もしていない。たがいの生活に干渉せず、都合のよいときだけ会う自由結婚《フリーマリッジ》である。その方がたがいの生活にとって都合がよい。特に明日の保障がない奥にとっては、たがいに拘束しない自由結婚が都合がよい。

近所の住人たちも、奥が作家であるとおもい込んでいる。引き金を引くとき以外は、奥は平凡な市民であり、善良な社会人である。歴史のある大学の法学部出身であり、卒業後、自衛隊に入った。学歴、キャリアも申し分ない。

生業として職業的に人を殺せもするが、恋もし、妻を愛し、友情に厚い。人の意見にも耳を傾け、喜怒哀楽の感情も人並みに持っている。

それがどこかで彼の人生のボタンをかけちがってしまった。ボタンのずれは微妙であり、一見した限りではわからない。ボタンをかけちがった歪《ゆが》んだ部分が、依頼された仕事を実行するとき本領を発揮する。

その夜も獲物《ターゲット》を待ち伏せして、都内ホテルの駐車場の闇に奥は身を沈めていた。獲物はこの世にいない方がよい人物である。べつに依頼案件に大義名分や条件を求めているわけではないが、社会にとって不要な人間を獲物にする方が仕事がやりやすい。なぜなら、自分自身が反社会的な同類項であるので、生きざま《ライフスタイル》が似ているからかもしれない。

予備調査通りに、獲物が奥が構えた銃口の前に現われた。熟練した照準に捕らえて、万に一つの失中もない自信があった。

まさに引き金を引くのと同時に、想定外のアクシデントが発生した。獲物にフォーカスしていたので、不覚にもその上方の気配に気がつかなかった。

獲物が被弾する瞬前、上方から落下してきた物体が獲物の身体をかすめた。驚いた獲物が体勢を崩して、必中の弾丸がわずかに逸れた。弾丸は獲物の身体をかすって、背後の建物の壁にめり込んだ。

獲物は落下物体と銃弾にかすられた二重のショックから動けなくなったようである。獲物は本能的に、狙撃者が闇の奥から止めの照準を合わせていることを察知したらしい。

奥は、地上に落下した物体が人体であり、まだ虫の息があるような気がした。獲物の命を奪うことにためらいはないが、墜落して目の前で死にかけている人間を見捨てるのは、奥の本意ではない。彼は携帯電話で一一九番に通報した。

百発百中の自信があった狙撃を、想定外のアクシデントとはいえ外して、止めを刺す気合を失ってしまった。気合を逸らされては、もはや獲物に集中できない。

奥は遠方から近づいて来る救急車のサイレンを確かめると、現場から離脱した。弾丸は後刻回収するつもりである。獲物も狙撃されたことは黙秘するであろう。警察の関心はホテルから落下してきた人物に向けられるにちがいない。奥が狙った獲物は、警察の目にはあくまでも傍杖を食った被害者である。

その後事態は、奥が予測した通りの方向に向かった。警察は事件性なしとして、さっさと一件（二件）落着とした。

事件落着後、奥は現場に戻って悠々と発射した弾丸を回収した。逃した獲物はほとぼりが冷めるのを待って止めを刺すつもりである。

2

その後、棟居は発生した事件に追われて、心にかけながらも、牛尾と約束した手弁当共同捜査に時間を割けなかった。牛尾の方も新たな事件の捜査を担当している。

その間に、岩井隆司の新たな写真集が出版された。岩井はサインを入れて、一冊、棟居に贈ってくれた。写真集のタイトルは『魂の切片』。例の事件が発生したとき撮影した潤子の写真も掲載されていた。

まちがってホテルの部屋をノックしたコールガールを一瞥《いちべつ》して、優れたモデルと見抜いただけあって、見事なプロポーションを岩井の目を通して芸術作品として切り取っている。まさに魂の切片といえる写真ばかりである。

ところどころのページに岩井作の俳句が挿入されて、写真を引き立てている。作品によっては俳句が主体となって、写真を侍《はべ》らせている。

魂の切片ばかり秋の雲
光降るごとく藤垂る夕まぐれ
月光の薫妖しき帰路迷い

挿入された俳句が写真のアクセントとなって、絶妙の位置を占めている。

棟居は、岩井がむしろ俳句のアクセントとして写真を撮っているような気がした。

ページを繰っていた棟居の指が止まり、視線が写真の一点に固定した。潤子のヌードである。抑制した体位が想像を煽《あお》り、生気の弾む姿態が吹きつけるような艶色《えんしょく》を孕《はら》んでいる。被写体《モデル》の素質に加えて、岩井の感性が創作した艶《つや》であろう。

だが、棟居の目が留まったのはそこではない。画面の外れの方の窓の一隅である。壁に開口した窓にはレースのカーテンが引かれている。平凡なカーテンで、インテリアを引き立てているわけでもない。モデルと撮影者が一体となって創造した艶《あで》やかな芸術空間の中で、最も素っ気ない部位である。

棟居の目は、そのカーテンの一点に固定している。その一点だけが赤く発光しているように見える。わずかな光点であるが、部屋の照明とは異なる光点がカーテンの外側にあるようである。

カーテンの外側は窓に仕切られた屋外になる。そんな場所になぜ光点があるのか。近隣の住宅の灯《ひ》が反映しているのでもない。色も形もちがう。棟居はその光点を凝視したが、わからない。多分、外のなにかの照明であろう。

その夜は光点の正体は不明のまま、床に就き、翌朝、起きしなに仏壇に灯明をあげようとしてライターをすった瞬間、脳裡《のうり》に閃光が走った。

あの光点は煙草《たばこ》の火ではないのか。撮影中、岩井と潤子以外にカーテンの外の屋外で煙草を吸う者がいたのか。

岩井は部屋をまちがえて迷い込んで来た潤子に、写欲をそそられて撮影したのであるから、助手を連れているはずがない。また、仮に助手がいたとしても、撮影中、助手が屋外に出て煙草を吸うはずもない。

棟居は光点の位置が隣室の方角に片寄っていることを知った。窓の外にはベランダがあり、山上はそこから墜落したのである。ホテルの規格的な外観から判断して各部屋のベランダは相接しているであろう。

もしかするとこの光点は、隣室の主が煙草を吸いながら、岩井の部屋を覗《のぞ》いていたのではあるまいか。光点の片寄った位置から推測するに、隣室の主は山上である。

潤子を呼んだ山上は、待てど暮らせど来ぬ彼女に痺《しび》れをきらして、ベランダで煙草を吸った。ふと気がつくと、隣室で待ちあぐねていた当の潤子がモデルとなって撮影が進行中である。山上はベランダから身体を伸ばして、隣室の撮影光景を覗き見中、バランスを失って転落した……。棟居の想像は速やかに煮つまった。


彼はタイミングを計って、岩井に連絡を取り、在宅していた彼に献本の礼を述べ、当夜、一人で宿泊した事実を確かめた。

「いただいた『魂の切片』××ページの画像の左上、カーテンの一隅に赤い光点があります。室内でそのような照明を使いましたか」

棟居は念のために問うた。

「ちょっと待ってください。本を見ましょう」

岩井は『魂の切片』の当該ページを繰り、

「ああ、赤い点が写っていますね。棟居さんに指摘されるまで気がつきませんでした。こんな照明は使っていません。きっと外の灯りが写ったんでしょう」

と棟居の当初の推測と同じことを言った。

「隣室から覗かれていた気配を感じませんでしたか」

「隣りから……覗かれた」

岩井はぎょっとしたような声を出した。

「この光点は煙草の火だとおもいます。隣りのベランダから、煙草を吸いながら岩井さんの部屋を覗いていたのかもしれません」

「隣りの部屋というと……窓から飛び降りた人……」

「飛び降りたのではなく、無理な姿勢で覗いている間、体のバランスを失って転落したのではないかとおもいます」

「ま、まさか……しかし」

岩井は信じられないように口を噤んだが、否定できない。充分可能性のある推測である。

「これからホテルの現場に行って確かめてみます」

棟居は電話を切ると、すでに陽は落ちていたが、出先から足をベルサイユホテルに延ばした。幸いに501、502号の両室共に空いていた。

502号室に案内してもらった棟居は、ベランダの端から上体を伸ばせば、隣室が覗けることを確認した。

棟居はさらにホテルの従業員に頼んで、502号室の想定位置に立って、煙草を吸ってもらった。

「くれぐれも気をつけてください。くわえ煙草でけっこうですから、両手で手すりをしっかりと持っていてください」

棟居は従業員に注意して、501号室に入室した。

時間帯は異なるが、窓外はとっぷりと暮れている。窓にカーテンを引いて、その方角を見ると、写真とほぼ同じ位置に赤い光点が明滅して見える。棟居は携行したデジタルカメラで撮影した。これを『魂の切片』の光点と比較対照して、自分の推測が正しいことを確信した。

501号、502号、共に禁煙室であった。フロント係に聞くと、事件当夜、喫煙可能な客室は空いていなかったという。やむを得ず禁煙室に入室した山上は、規則を忠実に守り、ベランダに出て喫煙したのであろう。

喫煙中、好奇心から隣室を覗き、そこで進行中の撮影を見て夢中になり、身体のバランスを失ったのであろう。

だが、アクシデントはそれだけに終わらなかった。山上が墜落した地点に本堂が居合わせた。この後、牛尾説に従えば、本堂は山上の転落によって狙撃を免れたことになる。潤子が部屋をまちがえたことによって、一人の人間が命を失い、もう一人の人間が命を拾った。

棟居はその足で自分の発見と推測を牛尾に伝えた。

「山上は隣室を覗き見中、転落したのですか。充分可能性のある想定ですね。これまで山上の死が腑に落ちませんでしたが、これですっきりしました。自分が呼んだ女性が隣りの部屋でモデルとなって撮影されていれば、覗きたくなります。この光点は確かに煙草ですよ」

牛尾はうなずいた。

山上の死は自殺ではなく、事故死であった。だが、棟居と牛尾の意識にかかる靄《もや》はこれで完全に晴れたわけではない。

狙撃者は目的を達していない。彼は必ず本堂政彦を再び襲うであろう。狙撃の動機はなにか。棟居と牛尾はなおも協力して、手弁当で動機を探り出し、再度の狙撃を阻止しようとした。動機が不明なことには、予防のしようがない。二人は本堂政彦の身辺を内偵することにした。

本堂政彦に関する情報は、風紀担当の新貝《しんがい》から得られた。

「本堂政彦ですか。本堂政方のどら息子ですね。こいつはいい悪《タマ》です。父親の七光がなかったら、とっくにパクられていますよ」

新貝は苦々しげに言った。

「相当な悪のようですね」

「やつは、女性の天敵のような男です。生来の女好きである上に、女性に人格を認めていない。女性はすべて自分に奉仕する性奴《せいど》のようにしかおもっていません。また、性奴として扱われることを喜んでいる女性がいることも事実です。そんな性奴を呼びかけ人にしてセックスパーティーを開き、なにも知らずに参加した一般の女性を毒牙《どくが》にかけまくっていました。度重なる被害届にもかかわらず、やつが無傷でこられたのは、父親が被害者に札束を積み、警察上層部に圧力をかけて、必死に揉《も》み消したからです。政彦は一向に反省の色がなく、大学を卒業してからも性奴を何人も侍らして、女を漁《あさ》っています。やつは女を囲っているマンションを雌小屋と呼んでいますよ」

「女性の天敵であるなら、彼を恨《うら》んでいる女性は多いですね」

「いつ、女に刺されてもおかしくはない男です。これが被害届を出した被害者のリストです。届を出さない被害者もかなりいますよ」

　新貝は部外秘のリストのコピーを棟居に差し出した。ざっと目を通しただけで数十名は数えられる。だが、リストアップされている被害者とは、おおむね和解が成っているという。

　リストからこぼれ落ちている被害者、もしくは被害を秘匿している被害者が恨みを晴らそうとしているのかもしれない。

3

奥佳墨はその後しばらく、鳴りを静めていた。

この間、小説書きに没頭した。小説に集中していながら、小説を書くのは、世を忍ぶ仮の姿にすぎない、これは自分の本業ではないというおもいがまつわりついている。

小説は精神を集中しなければ書けないが、集中したはずの精神のどこかに隙間風が吹き込んでくる。月光や満天の星の光をいただいて、闇の底に身を沈め、獲物が来るのを待ち構えているあの一時に比べて、本来ではない自分がある。荒廃した魂に暗い血がざわめき立っているあの高揚感がない。

小説は確かに沈潜している。暗い海底に限りもなく沈んでいく真珠の玉のような沈降はおぼえるが、他人の生命を我が命を維持するための栄養とする荒ぶる高揚がない。

幼いころ、奥は一人で学校に行けなかった。母が近所の子供たちにわずかな小遣い銭をあたえては、学校までのエスコートを頼んだ。

学校ではいじめの的にされた。可愛《かわい》がって育てていたひよこや金魚を、クラスの番長から焼鳥と刺身にしろと命じられて、血のような涙を流しながら従った。従わなければ自分が殺されるようないじめに遭う。保身のために泣く泣く差し出した無残な姿に変った〝スケープゴート〟を、番長は奥の面前で無雑作にトイレに投げ込んで流し《フラッシュ》た。

番長は中学生でありながら、すでに高校生並みの体格をしており、全校を制覇し、高校生も恐ろしがって手を出さない。父親は暴力団の幹部であり、教師も腫《は》れ物に触るようにしている。

唯々諾々《いいだくだく》として従う奥に、番長の要求は苛烈《かれつ》さを増した。奥が大切にしている宝物を次々に巻き上げ、ついには小遣い銭まで要求した。

止めは奥の愛猫とまとであった。とまとは近くのトマト畑に捨てられていた仔猫《こねこ》である。奥の後を従いて来て離れない。猫アレルギーの母親に隠れて、しばらく外で放し飼いにしていたが、ついに家に入り込んで出て行かなくなった。

母は追い出せと言ったが、ある夜、家人が寝静まってから異様な声で鳴くので、目を覚ましてみると、焦げ臭い。はっとして臭源を探すと、炬燵《こたつ》がくすぶっていた。来客が残していった煙草の火が原因であったらしい。とまとのおかげで大事に至らずにすんだ。それ以後、母のとまとに対する態度が変わった。

そのとまとを、番長が奥の見ている前で捕虫網に絡《から》め捕り、共用の焼却炉に叩き込んだのである。とまとが焼却炉の中で生きながら焼かれている気配を全身に感じ取りながら、奥は番長の脅威の前で一指も挙げられなかった。

だが、そのとき奥の心身の核心が変質した。一見なにも変わっていなかったが、奥は自分が化学変化したことを悟った。

番長と正面対決しても敵《かな》わないことはわかっている。自分が返り討ちになれば、だれがひよこや金魚やとまとの仇《かたき》を討つか。

奥は密《ひそ》かに計画を練った。番長から要求された小遣い銭の二倍を用意して、番長を呼び出した。

番長は競輪の選手に憧《あこが》れている。登下校はもちろん、どこへ行くにも自転車に乗る。奥は番長に金を渡す場所と時間を指定した。いつも番長主導であるが、金を渡すときだけ奥が主導権を握る。

黄昏《たそがれ》どき、地元で長坂と呼ばれている長い細い坂がある。一車線幅であるが、利用価値が少なく、車の通行はほとんどない。周囲は雑木林で、冬季以外は見通しが悪い。

番長はこの坂の下降時間の記録を競っている。自己ベストの更新に挑んでいる坂の下を待ち合わせ場所に指定されて、番長はなんの疑いもなく承諾した。

奥はこのときのために頑丈《がんじょう》な針金を用意した。長坂の麓《ふもと》一直線の坂道を跨《また》ぐようにして、両方の太い小楢《こなら》の幹に針金を巻き渡した。番長は坂の上方から自転車に乗って下りて来る。針金を引き渡した坂の下方で、最高のスピードが出ているであろう。

番長の自転車が針金を通過する瞬前、路上に這《は》わしておいた針金の一端をいっぱいに引き絞って、反対側の樹木の幹に巻きつける。折から黄昏どきとあって、現場は薄暗くなっている。番長には突然、眼前に張り渡された針金は見えない。自転車は緊張した針金に激突し、番長の身体は疾走《しっそう》する凄まじい慣性に乗って吹っ飛ぶであろう。奥は何度も予行演習を重ねて、自信を持った。吹っ飛んだ番長の身体は、凄まじい勢いで地上に叩きつけられ、血浸しの雑巾《ぞうきん》のようになるであろう。あとは止めを刺すだけである。

当日、番長は指定した時間通りに坂の上に姿を現わした。番長の自転車が下降を始めた。みるみる加速して、奥が待ち伏せしている針金の前に迫って来た。すでに自動車並みの速力を出している。

番長が針金の直前に達したとき、奥は針金の一方の端を力一杯引いて、樹木の幹に巻きつけた。針金は疾走する自転車の阻止線となって緊張した。自転車の前部パイプと針金が接触した。

坂を下降中、加速度のついた自転車は、突然、強靭《きょうじん》な針金に阻止されて、後部車輪がはね上がった。その上に跨がっていた番長は、凄まじい慣性を伝えられて宙に吹っ飛んだ。弾丸のように宙を飛んだ番長の身体は、なんの緩衝も置かずに地上に叩きつけられていた。

ブレーキもかけず、ヘルメットも着けず、まったく無防備の状態で、自己ベストに近い自転車の進行速度のままはね上げられ、叩きつけられた番長は、全身が砕け、肉の塊《かたまり》のようになっていた。それでもまだ虫の息があった。

地上にはすでに夕闇が墨のように降り積もり、番長の損害《ダメージ》を精一杯隠してくれたのが、彼にとって不幸中の幸いであったであろう。

奥は気息奄々《きそくえんえん》たる番長のかたわらに歩み寄ると、

「おやおや、これでは救急車を呼んでも助からないね。武士の情けだ。介錯《かいしゃく》してやる」

奥はテレビでおぼえた台詞《せりふ》を言うと、あらかじめかたわらに用意しておいた赤ん坊の頭ほどの岩石を、噴き出した血で見分けがつかなくなった番長の顔の上に落とした。それでもまだ死に切れず、うめいている。

「いまのはひよこと金魚の分だよ。今度はとまとの分だ」

奥は血に汚れた石を取り上げると、再度、番長の顔を目がけて落下させた。番長の息の根が止まったのを確かめた奥は、樹木に巻きつけた針金を回収して、現場を離れた。この間、通行車も通行人もなく、とっぷりと陽が暮れていた。

番長の死体は翌朝、通行車によって発見された。それまで現場を通行した車両はあったようであるが、気がつかなかったか、あるいは見て見ぬふりをしたようである。

番長の死は事故として処理された。

名うての悪たれの死をだれも悲しまない。生徒はもちろん、教師たちもほっとしているようである。

もし番長を生かしておけば、必ず世に仇《あだ》なす人間となったであろう。番長によって命を奪われる者もいたかもしれない。奥は番長を葬り去って、一片の後悔もおぼえなかった。むしろ、ひよこと金魚とトまとの仇を討ち、心の債務を返済したような気分であった。

そして、このことによって、奥は自分の中に休眠していた才能に気づいた。学校へ一人で行けぬ弱虫であったが、彼には社会の害虫を駆除する才能があった。番長を人間とはおもわなかった。人間の皮を被った社会に仇なす害虫である。そして、自分の人生をその害虫の駆除に用立てようと決心した。

奥の決意は反社会的な決意である。したがって、その決意は秘匿しなければならない。

奥家の遠祖は関が原の合戦の際、家康に味方した甲賀《こうが》組の忍者であるという。甲賀衆の名門とされる五十三家中、特に特別待遇された二十一家の中に隠岐《おき》家がある。この隠岐が、時代が下るにつれて奥となったと伝承されている。

忍者の職能は敵の領内や城中に潜入して攪乱《かくらん》、あるいは情報を収集することと、暗殺である。これが戦乱がおさまり、天下泰平の世になると忍者の職能も変わってきた。

城の守衛や、主君外出時の随行、行政や治安維持の末端に組み込まれ、忍者としての牙《きば》を失っていった。

奥家の職能は忍者中の忍者、暗殺専門であったという。その遺伝子が佳墨に伝わっているのかもしれない。

奥は高校、大学と進学して法科を専攻した。部活動として柔道部、空手部、剣道部に入部した。大学卒業時には主将として剣道部を率い、国体に出場して準優勝を成し遂げた。

大学卒業後、自衛隊を経て出版社に入った。べつに自衛隊に憧れたわけでもなければ、祖国を守るためでもない。あらゆる近代兵器に習熟するためである。一般市民が合法的に武器に手を触れ、習熟する機関としては、日本では自衛隊をおいてない。

陸上自衛隊の一般幹部候補生試験に合格した奥は、一年の教育の後、三尉（少尉）となった。全国駐屯地を転々として、適性検査をパスし、レインジャー教育要員として選抜された。

レインジャー教育を修了した奥は、自衛隊最精鋭の証《しるし》であるダイヤモンドと月桂樹を組み合わせたレインジャーマークを取得した。

自衛隊で近代兵器に習熟し、戦場で生き残る技術を学んだ奥は、二尉に進級した後、なんの未練もなく隊を辞めた。近代兵器を学び、戦技に磨きをかけた奥は、憲法に縛られて実戦に参加できない自衛隊に居つづける意味がなかった。

牙を隠して出版社に入社し、数年、使い走りのようなことをした後、門前の小僧で見よう見真似《まね》の作家になった。

べつに文芸に興味があったわけではない。作家は自由であるからである。いやな仕事はしたくないと断れる。どこに住もうと自由である。毎日ぶらぶらしていても、だれも怪しまない。医師や弁護士のように資格もいらない。つまり、国家試験によって管理されることもない。

一作でも書けば作家であり、その後書かなくても作家として通せる。著名な作家よりも無名の作家の方がはるかに多いことも、奥にとっては都合がよい。べつに売れないように努めたわけではないが、彼が書いた小説はあまり売れなかった。だが、暮らしに事欠かないほどの収入にはなった。

流れる森林

1

本堂政彦の狙撃に失敗してから一ヵ月ほど後、岡野種男《おかのたねお》が訪ねて来た。

岡野は警察の公安出身という噂があり、警察や政・財界、また各界諸方面に膨大な情報網を持っている。彼の情報は信憑性《しんぴょうせい》が高く、その情報収集力には定評がある。

岡野は一時、自衛隊に体験入隊したことがあり、そのときの担当教官に奥がなって、意気投合した。警察出身ということであるが、合法と違法の境界を歩いているような人物である。現在でも警察に太いパイプを有しており、ギブ・アンド・テイクでアンダーグラウンドの情報と交換に、警察情報にも詳しい。

「奥さん、警察《マルP》が動いてますよ」

岡野は奥の顔を見るなり、前置きを省いて言った。

「それは、例の件でですか」

奥は問い返した。例の件とは、本堂政彦のことである。この案件は岡野がクライアントを紹介した。

奥にとって岡野は重要な情報収集機関であると同時に、クライアントの仲介者でもある。二人の間にはそれだけの信頼関係が成立していた。

「そうです。捜一の腕利き棟居刑事と、新宿署のベテラン牛尾刑事が動いています。当面動かない方がいいですよ」

岡野は忠告した。

「やはり、目をつけられましたか。まさか上から飛び降りて来る人間がいようとは、私も想定外でした」

「飛び降りそのものは本堂政彦に関わりありませんが、本堂に目をつけています。本堂の身辺を洗っていますよ。クライアントを探り出すのは時間の問題でしょう」

「クライアントと私の間には、何重ものクッションが置かれています」

「二人は奥さんの二度目の襲撃《セカンド・コール》を手ぐすね引いて待っていますよ」

「当分の間、本堂には手を出さない方が無難ですね」

「そうおもいます」

「しかし、その間に彼の毒牙にかかる犠牲者が出ます」

「奥さんが捕まれば、犠牲者はもっと多くなるでしょう」

「別の手を考えています」

警視庁と新宿署の腕利き刑事が動いているとなると、迂闊《うかつ》には動けない。クライアントとの間には何重ものクッションが設けてあるが、クッションを乗り越えて奥までたどり着くかもしれない。

岡野も信頼しているクッションであるが、公安出身というだけに、マークされるかもしれない。

「当分、我々の接触も避けましょう。今後、連絡は電話だけで取るようにします」

奥の胸の内を読んだらしい岡野が言った。

2

この度のクライアントは牧村《まきむら》みずきという女子大生の父親である。長い受験地獄を潜《くぐ》り抜けて、ようやく志望の大学に入学した春の新入生コンパで悲劇は発生した。大学のコンパサークル「チューブ」が主催した新入生歓迎コンパに参加した牧村みずきは、主催者グループに監禁され、輪姦《りんかん》された。

同性の友人に誘われてなにげなく参加した歓迎コンパは、受験地獄から解放された新入生たちで盛り上がった。みずきが気がついたときは十数人の男女混成のグループの中に取り残されていた。だが、友人がいたので安心していた。みずきはその友人が主催者の取り巻きであることを知らなかった。

友人に勧められるままに一気飲みした口当たりのよいワインの酔いがどっと発して、周囲の状況がよく読めなかった。

危険な気配を察知したときは、男の学生数人に押さえ込まれ、犯された。まず主催者が犯し、次々に輪姦《マワ》された。一匹の獣が飽食すると、次はもっと飢えた獣がのしかかってきた。初めての身体であったみずきは出血し、出血したまま次々に犯された。

みずきを誘った友人は、それを阻《はば》もうとするどころか、獣たちが犯しやすいように手伝った。

一回りした後、主催者らしい輪姦のリーダーが、

「これできみは我々の家族《ファミリー》だ。きみさえ黙っていれば、ファミリーは秘密を守る。愉《たの》しい大学生活を送るためには、今夜起きたことは黙っていた方が身のためだよ。これもよい青春の想い出になる」

と半ば諭し、半ば恫喝するように言った。

深夜になって、グループが眠り込んだ隙を衝《つ》いて、みずきは逃げ出した。気がついたグループが追いかけて来た。恐怖に駆られたみずきは車道に飛び出した。車道を横切ろうとして、疾走して来た車にはねられた。

救急車で病院に搬送された。悲報を受けて駆けつけて来たみずきの両親は、救急治療室に横たわっている娘の変わり果てた姿に、しばし我が娘とは信じられなかった。今朝、家を出て行った青春真っ只中《ただなか》《ま》の潑剌《はつらつ》たるみずきではなく、各種医療器具の管を蛸《たこ》の足のようにつながれた一個の肉塊《にくかい》がそこにあった。変形はしていたが、みずきの面影を伝える顔はすでにデスマスクのようであり、目も口もなんの表情も示さない。指一本動かせず、機械の助けを借りなければ呼吸もできない。

みずきは七日間生きた。そして、意識を回復しないまま両親の見ている前で息を引き取った。十九年に満たない人生であった。

死亡診断書に書かれた死因は脳挫傷《のうざしょう》、たった三文字が、彼女の無限の可能性に満ちていた人生の終止符であった。

みずきの体には輪姦の痕跡があった。みずきが車に轢《ひ》かれる前に出席したコンパで犯されたことは明らかであった。

だが、証人がいなかった。事情を察しているらしいコンパ出席者も口をつぐんでいた。主催者側もコンパは午後八時過ぎに散会して、それ以後のことは知らないととぼけた。

コンパの主催者が本堂政彦であった。彼はコンパ解散後、みずきが意気投合した出席者と二次会以後に流れて、

「なにかあったのかとおもいますが、コンパ解散後、参加者がどこにだれと行って、なにをしようと私どもは関知いたしませんので」

としゃらっとした表情で言った。

みずきの父親・牧村泰造《たいぞう》は納得しなかった。新入生で、まだ友人もいないみずきが、コンパで知り合ったばかりのグループと二次会に流れるはずがない。

泰造はコンパの主催者グループを調べて、彼らが過去に女性参加者とセックススキャンダルを重ねている常習犯であることを知った。

主催者グループのリーダーである本堂政彦は二十四歳。要路の政治家・本堂政方の息子で、父親の私設秘書も務めている。過去のセックススキャンダルの都度、父の権勢と金の力で揉み消していたことが浮かび上がってきた。政方の権勢は警察上層部やマスコミ各機関にも及んでいる。

これから満開の花を咲かそうとしていた娘を蕾《つぼみ》のうちに散らされた無念を、泰造は歯ぎしりをして耐えていたが、岡野種男を紹介する人がいて、彼に無念を打ち明けたところ、「黙っている手はない、被害者の遺族や関係者には決して迷惑をかけないから、自分に任せろ」と言ってくれた。

岡野は法律が手当てできない被害者の無念を、必要最小限の費用で、晴らしてくれるボランティアがいる、とおしえてくれた。

みずきの両親は半信半疑であったが、岡野に任せることにした。岡野が要求した必要最小限の経費は、泰造の経済力で賄《まかな》える額であった。

本堂政彦の身辺を注目していたところ、その後間もなくホテルから飛び降りた客の傍杖を食って、彼が軽傷を負ったというニュースが報道された。飛び降りた客は死亡したが、政彦は生命に別状ないということであった。

両親は、これがもしかしたらボランティアの仕業ではないかと考えた。軽傷と伝えられた政彦は、その後、なんの支障もなく父親の私設秘書を務めている。

岡野からはなんの連絡もない。岡野の連絡先は知らない。必要があるときは彼から一方通行的に連絡があることになっている。

その後間もなく、みずきが進学した大学のコンパサークル「チューブ」主催のダンス（ディスコ）パーティーが開かれるという情報が伝わってきた。主催者は「チューブ」のOBである本堂政彦であるという。政彦は早くも喉元《のどもと》を過ぎた熱さを忘れて、獲物を物色するパーティーを開こうとしているのである。

政彦の巻き添え被害がボランティアの仕業かどうか確かめられないが、なにごともなかったかのようにダンスパーティーを主催しようとしている政彦に、牧村泰造は歯ぎしりした。

3

新宿署の牛尾の許《もと》に、「モナリザ」の水沢潤子という女の子が訪ねて来た。その名前に薄い記憶があった。

歌舞伎町の裏通りで酔っぱらいに絡まれて困っていたところを、たまたま通りかかった牛尾が救ってやったことがある。デートガールをしているようにはとうてい見えない清楚な感じの女性であったが、牛尾はべつにお説教はしなかった。この辺り、夜の遅い時間は物騒だから気をつけるようにと注意をしただけである。

「その節はお世話になりました」

水沢潤子は丁重に礼を述べると、先日、警視庁の棟居と名乗る刑事が訪ねて来て、ベルサイユホテルの客飛び降り事件についていろいろと聞かれたことを告げた。その件については、牛尾はすでに棟居から報告を受けている。

だが、水沢潤子とホテル飛び降り事件に関わった潤子が、意識の中で一致しなかった。

「私が当夜、部屋をまちがわなければ、山上さんは死ななかったかもしれないとおもうと、責任を感じます」

潤子は言って、面を伏せた。だが、彼女の突然の訪問目的は、死者に哀悼の意を表するためではない。

「山上さんが飛び降りた下に偶然居合わせて巻き添えになった本堂政彦さんから、ダンスパーティーに呼ばれました。女性が足りないので出てくれとおっしゃるのです。つまり、サクラになってほしいということですね。本堂さんからは時どきパーティーのサクラのお呼びがかかります。

先日、棟居さんがいらっしゃって、本堂さんが山上さんの巻き添えになったことを知りました。まさか本堂さんが被害者とは知りませんでした。なんだか因縁があるような気がして、棟居さんにこのことをお伝えしようかとおもったのですが、警視庁というとなんとなく近づきにくくて、棟居さんが牛尾さんと親しいと話していたことをおもいだしてまいりました。

本堂さんのパーティーには店長も出ろと言いますので出席しますけど、なんだかよくないことが起きるような気がして仕方がありません。忙しい牛尾さんにこんなことを話すためにお邪魔をして申し訳ありません」

と水沢潤子は言った。

潤子はどうやら本堂政彦が主催するパーティーのよくない噂を聞いているらしい。

「よく知らせてくれたね。大いに参考になるよ」

牛尾は礼を言った。

水沢潤子の不吉な予感は当たるかもしれない。本堂は当夜、何者かに狙撃された。飛び降りのアクシデントに隠れた形であるが、本堂も狙撃された理由に心当たりがあるようである。

狙撃に失敗した犯人にとって、本堂が催すというダンスパーティーは絶好のチャンスであろう。本堂の身辺を洗えば、狙撃の理由が浮かび上がるかもしれない。

牛尾は潤子が持ってきた情報を早速、棟居に伝えることにした。潤子もそのつもりで牛尾に棟居へのメッセージを託したのであろう。

4

「チューブ」主催のダンスパーティーの情報が伝わってきて間もなく、牧村泰造の許に二人の訪問者があった。彼らは新宿署の牛尾と、警視庁捜査一課の棟居と名乗った。

牧村は、すでに二人については岡野からあたえられた予備知識があった。岡野が敏腕と言っていたように、本堂政彦の巻き添え被害から早くも牧村を手繰りだしたらしい。

牧村は緊張して二人を迎えた。

「我々をご存じでしたか」

よく陽に灼《や》けた柔和な風貌の牛尾と名乗った年配の刑事が、初対面の挨拶の後に問うた。

「いいえ。今日お会いするのが初めてです」

牧村はやや慌てた口調で答えた。二人の予備知識があることを悟られてはならない。

「実は、本日突然お邪魔いたしましたのは、本堂政彦氏について少々お尋ねしたいことがありまして」

牛尾が切り出した。

「どんなことでしょう」

牧村は姿勢を正した。

「本堂政彦氏をご存じですね」

牛尾は知っているかとは問わず、政彦を牧村の既知の人物として話を進めようとしている。牛尾の柔和な表情の底に、知らないとは言わせないぞという強い姿勢が見えた。

「死んだ娘の大学の先輩と聞いていますが」

牧村は否定できなくなっていた。

「お嬢さんの不慮の災難を心よりお悔やみ申し上げます。お嬢さんが亡くなられた原因は本堂政彦にあるのではありませんか」

　牛尾は政彦を呼び捨てにした。彼の質問はすでにみずきの交通事故死と本堂政彦の関係を捜査していることを示している。

「娘が交通事故で亡くなる直前に参加した新入生歓迎コンパの主催者とは聞いていますが、それがみずきの死と関係あるかどうかはわかりません」

　牧村はとりあえず無難な答えをした。自分が牛尾の質問を肯定すれば、岡野やボランティアに影響する可能性を考えたのである。

「我々は本堂政彦とその取り巻きがコンパの後、お嬢さんに暴行を加えた疑いを持っています。お嬢さんは暴行を受けた後、逃げ出して、その途上、通行車に轢かれた状況が濃厚です。お嬢さんの身体には複数の暴行を受けた痕跡が認められたそうです」

　さすがは岡野が警告した二人だけあって、すでにみずきの最期を看取った医師まで捜査していることがうかがわれた。

「たしかに娘の身体には暴行された痕跡があったそうですが、加害者は確認されていません」

　加害グループの首謀者は本堂政彦にちがいないと言いたい衝動を、牧村は必死に抑えた。それを刑事らに告げれば、牧村が岡野を介してボランティアに報復を依頼した事実が露見する虞《おそれ》があり、ボランティアが報復を達成しにくくなるであろう。

「実は、我々もまだ本堂政彦らのグループがお嬢さんに暴行を加えたという確証をつかんでいません。しかし、必ず加害者の首根っこを押さえます。そのために牧村さんから事情を聴きたいとおもってまいりました。我々は女性の敵を決して許しません。今後、なにか新しい事実がわかりましたら、ぜひご連絡ください」

牛尾が質問している間、棟居と名乗った三十代とおぼしき精悍《せいかん》な雰囲気を身辺にまとっている警視庁の刑事は、牧村の面に射るような視線を向けていた。敵意はないが、痛いような一直線の視線であった。

牛尾と棟居が帰って行った後、牧村は全身、冷や汗にまみれていた。彼らは明らかに牧村と本堂政彦とのつながりを疑っている。

すなわち、政彦の巻き添え被害をボランティアの仕業と疑っている。政彦を、みずきを死に至らしめた張本人として追及してくれるのは有り難いが、まだ報復を達成していないボランティアに追及が及ぶのは困る。

二人が訪問して来た事実を岡野に連絡したいが、連絡先がわからない。

5

「棟居《ムネ》さん、どうおもいました」

牧村泰造に会った帰途、牛尾は棟居に牧村の印象を問うた。

「牧村氏は明らかに本堂政彦をマークしていますね。マークしていながら、とぼけていた……」

「つまり、自分が本堂をマークしていることを我々に知られては都合の悪い事情があるということですね」

「牧村氏の生活環境はおよそ銃に関係がありません。ハンティングの趣味もない。牧村氏が本堂政彦を娘を死に追いやった張本人と目しているなら、我々に恨み節をうってもよいはずです。彼はそれをひたすら隠していました。これは親として不自然です。牧村氏自身は本堂政彦に手を出さなかったが、第三者に依頼したかもしれない」

「その可能性が高くなりましたね。本堂政彦は性懲りもなく、近日中にダンスパーティーを催します。狙撃者はその機会を逃さないでしょう。だからこそ、牧村氏は恨み節を隠した」

二人の刑事は心の中に煮つまってくるおもわくを見つめた。

6

奥佳墨は立ち寄った書店で、なにげなく手に取った写真集を開いて、目が固定した。

写真集の表題は『魂の切片』とある。そこには彼の記憶にしっかりと刻まれている女性がいた。

夏の一夜、ほんの束の間、ホテルの人工水辺で肩を並べて蛍を見た面影の女性が、画像となってその写真集のページに定着されている。女性は裸身であった。

絶妙のプロポーションが紗《しゃ》をかけたような薄い光沢を帯びて横たわっている。撮影者が注文をつけたポーズであろうが、裸形こそ女性の本領を最大限に発揮する見本のような画像であった。モデルの素質と撮影者の感性が焼成《しょうせい》して、窯変《ようへん》したような写真である。

だが、奥にとっては、その写真よりは、記憶の中の面影とモデルの顔が完全に一致したことの方が重要であった。

モデルは匿名になっているが、写真集の作者は岩井隆司とある。奥が聞いたことのない名前である。あまり著名ではない写真作家なのであろう。

初めて目にする岩井の作品であるが、奥は引き込まれた。〝蛍の精〟が被写体《モデル》になっているせいもあろうが、すぐれたモデルの魅力を最大限に引き出した岩井の感性に感嘆した。

岩井のあとがきを見ると、宿泊中のホテルの部屋をまちがえてノックした彼女を一瞥しただけで、千載一遇の被写体《モデル》であることを直感して、頼み込んだと書いてある。

まちがってドアをノックした女性を一瞥しただけで、一期一会のモデルであることを見抜いた直感《カン》は凄い。

無名の写真作家のかなり高価な作品集が、都心の大書店の最も目立つ位置《コーナー》に平積みされている事実を見ても、かなり売れているのであろう。

奥は、まさかこのような形で蛍の精に再会しようとはおもってもみなかった。夏の一夜の一瞬の、出逢いとはいえないような出逢いであったが、そのとき運命的なものをおぼえた。奥の一方的なおもい込みかもしれないが、それだけの縁には終わらないような気がした。

やはり縁はつづいていた。一方的な再会であるが、蛍の精に出逢った。だが、実体ではない。写真作家がレンズで切り取った幻との再会である。

奥は実体に逢いたいとおもった。とりあえず岩井の写真集『魂の切片』を購入した。持ち帰って、再度、蛍の精のページを凝視した。『魂の切片』には四人のモデルが登場しているが、蛍の精に最も多くのページ数を割いている。一コマ一コマが撮影者の魂の切片であった。

写真として永遠に定着された蛍の精の写真を繰り返し繰り返し眺めている間に、奥の意識に、写真の撮影開始日が次第に比重《ウエイト》を増してきた。

写真集には撮影開始の年月日のみが記入されており、作品の撮影日やデータは記載されていない。撮影開始日は奥が蛍の精に出会った日よりも後であった。つまり、奥が本堂政彦を狙撃した日も含まれる。

「チャイムの音にドアを開くと、そこに見知らぬ若い女性が立っていた。部屋をまちがえたらしい。誤ちを詫《わ》びて立ち去ろうとした女性を、私は呼び止めた。一瞬の観察であったが、彼女が生涯二度と出会えぬ被写体《モデル》であることを本能的に察知したのである」

と撮影者は蛍の精との出逢いを書いている。

この文章が奥の意識の中で次第にクローズアップされてきた。岩井は蛍の精を撮影した当夜、ホテルに泊まっていた。そこはどうも、奥が本堂を狙撃したホテルのような気がする。

狙撃前、本堂の行動パターンを徹底的に調べた。本堂がそのホテルで女性と定期的に忍び逢っている事実も確かめた。現場のホテルは何度か下調べをしている。蛍の精の撮影現場となったホテルの部屋のインテリアや、家具・調度が、政彦が女性と密会していたホテルのそれと似ている。写真で比べる限り、同一であった。

もしかすると、蛍の精の撮影場所は同じホテルかもしれない。蛍の精は当夜、ベルサイユホテルにいただれかを訪ねて、岩井の部屋をまちがえてノックしたのかもしれない。もしそうだとすれば、蛍の精は逢う予定であった相手を待たせたまま、岩井のモデルになったことになる。

蛍の精が訪ねるべき部屋では、待ち人来たらず。膝小僧を抱えて待ちぼうけを食わされた人がいるにちがいない。

しかし、蛍の精がそんなことをするであろうか。部屋ちがいに気がつけば、本来の部屋に行ったはずである。彼女は部屋ちがいに気がつかなかったのではあるまいか。

岩井は、部屋の誤認を詫びて引き返そうとした彼女を呼び止めたと書いているが、事実は彼女の錯覚に乗じて、モデルを依頼したのではないのか。奥の推測は脹《ふく》れ上がった。

部屋番号をまちがえたとしても、部屋の主がドアを開いて顔を見せたのに、部屋ちがいに気がつかなかったということがあるであろうか。

このような場面が一つ考えられる。それは二人が初対面であった場合である。部屋番号だけを頼りに訪問すれば、部屋の主がだれであっても部屋ちがいには気がつかない。

若い女性が夜遅く、ホテルの部屋に見ず知らずの男を訪ねる。あり得ないことではない。女性がプロであれば、見ず知らずの男に呼ばれて駆けつけて来る。まさかあの清楚な蛍の精がプロの女性とは信じ難い。

プロの女性であれば、初対面の男からモデルになってくれとリクエストされても、承諾するかもしれない。

奥の想像はさらに飛躍した。蛍の精に待ちぼうけを食わされた相手、たぶん男は、膝小僧を抱えて眠るかわりに、ダブルベッドの独り寝の侘《わび》しさに耐えかねてベランダから飛び降りた……。

プロの女性にふられたくらいで、男が飛び降り自殺をするか。なにかの事情から追いつめられた男が、この世の名残《なごり》に娼婦《しょうふ》を呼んだ。その娼婦からすらも待ちぼうけを食わされてベランダから身を投げた。

かなり乱暴な連想であるが、あり得ないことでもない。ただ、蛍の精と娼婦のイメージが一致しないだけである。

奥は自分の推測を確かめるためにベルサイユホテルに行った。報道によると、飛び降り自殺者の部屋は502号室である。あいにく502号室は塞《ふさ》がっていたが、隣りの501号室が空いていた。隣室であればまちがう可能性が高い。

奥は501号室に入ると同時に、この部屋が撮影現場であることを確信した。持参した岩井の写真集と比較対照して、内装、調度、家具・什器《じゅうき》等、すべて同一であることを確認した。

奥は部屋からフロント係に電話をして、

「私は写真家岩井隆司先生の友人であり、ファンでもありますが、この度、先生が出版した『魂の切片』の撮影現場を自分の目で確かめに来ました。たしか撮影日は×月×日の夜と先生からうかがいましたが、それにまちがいないでしょうか」

と誘導《カマ》をかけた。

フロント係はなんの疑いも持たず、宿泊記録を調べて肯定《エンドース》した。どうやら新宿を好んで写材にする岩井は、このホテルの常連らしい。

「岩井先生から、モデルは新宿の女性と聞きましたが」

奥はさらに踏み込んだ。

「岩井先生の写真集は見ていませんが、『モナリザ』や『マドンナ』の女の子がよく来ます」

「×月×日、モナリザとマドンナのどの女《こ》が来たか、わかりませんか」

「名前までは知りません。女の子をいちいち詮索しませんので」

フロント係は少し面倒くさくなったらしい。これ以上突っ込むと不審を持たれる。

奥は質問を切り上げた。

モナリザやマドンナは女の子の斡旋屋《ポーター》であろう。ともかく新宿にはその種の斡旋屋が犇《ひしめ》いている。女の子を待機させている店もあれば、電話一本で女の子に取り次いでくれる玉転がしと呼ばれる女性調達人も多い。蛍の精の素性を手繰る手がかりが得られた。

7

「チューブ」主催のダンスパーティーの期日が近づいて来た。「チューブ」のリーダーであった本堂政彦は昨年、大学を卒業していたが、「チューブ」の運営には強力な〝院政〟を布《し》いていた。すでに「チューブ」は大学のサークルの枠を越えて、一種の興行プロダクションになっている。

父親の七光だけではなく、政彦の資金源や集客力は圧倒的であった。また陰で大奥と呼ばれている政彦を囲む女性軍なくしては「チューブ」の運営はできない。美しい女が集まれば、男は集まって来る。政彦の集客力はプロの興行プロダクションが舌を巻くほどである。

事実、卒業の際、大手のプロダクションからヘッドハンティングをされた。だが、父親の地盤、看板を継いで政界入りを狙っている政彦は、有利な条件のヘッドハンティングに見向きもしなかった。父親の私設秘書を務めながら、「チューブ」を運営している方がはるかに美味しい。女にも不自由しない。

政彦の女哲学は、人格を認めないことである。女に人格を認めた瞬間から、彼女らは男に従属することをやめて、独立を志す。政彦にとって独立した女は、すでに女ではない。彼女らは性器を持った女類にすぎない。

人格と共に、男に反旗を翻した女は、妊娠、出産の主導権を握って、社会に打って出て男に挑戦する。彼女らは性奴として男に従属する喜びを失い、男を戦うべき敵の位置に置く。

女が美しく装うのは男のためである。挑発的な衣装や、化粧《メーク》や、言葉や、煽情的な姿勢は、すべて男を意識している。意識の中心にはセックスがある。人格を持った瞬間から、女はセックス中心から能力中心に変質してしまう。そんな女類にはなんの魅力もない。

政彦にとって、女は男の性奴でなければならない。忠実で、従順で、決して反乱を企てない。美しく、性技に長《た》け、ベッドの上の愛技以外はなにも求めない。最初は人格を持っていた女でも、雌小屋（大奥）で調教、飼育して性奴に変えてしまう。

彼は幼いころ、人形を抱いて寝た。彼はその人形をねんねと呼んだ。中三のとき、女性家庭教師に筆下ろしをされて以来、ねんねは性奴に替わった。つまり、世の女性はすべて彼にとってねんねなのである。

「チューブ」は新鮮なねんねの供給機関であった。女は彼にとってワインに似ている。その備蓄は充分であっても、常に補給を怠らないようにしないと、ビンテージに断層ができてしまう。ねんね《ねんね》の反乱や独立は断層につながる。断層の震源地が人格であった。

ダンスパーティーはねんねの最高の供給源となる。女を落とす最強の武器は、音楽と酒と身体をふれあいながらの移動である。ダンスはこの三つの武器を備えている。

政彦は女体に目覚めてからダンスに励んだ。大奥（雌小屋）の中からベストのねんねをパートナーに選んで、全国レベルのダンス大会で準優勝をしたその腕前と父親の名声と、持って生まれた商才による資力にものをいわせて大奥を拡大し、性奴を増やしてきた。

今度の「チューブ」主催のダンスパーティーは、これまでのパーティーの中でも最大規模のものであり、手持ちの性奴を総動員し、プロの女性までサクラとして駆りだした。チケットの前売りも好調で、政彦は大いに愉しみにしていた。

金が集まれば、質のよいねんねが大量に供給されるであろう。

ただ一つ気がかりな点は、少し前、性奴候補として調教中であった人妻と待ち合わせていたホテルで、予想もしなかった事件に巻き込まれたことである。事件の巻き添えそのものよりは、別の方角から狙撃されたショックが、心身に強く後遺症として刻まれている。

狙撃者について心当たりはないが、闇の奥から撃たれたことは確かである。その証拠が、飛び降りの巻き添えとは別の部位に残っている。マスコミが報道した「軽傷」

には、その傷が含まれている。

性奴の補給と調教にはかなりあこぎなことをしているので、どこで恨みを買っても不思議はないが、あの夜のような恐怖をおぼえたことはない。

狙撃された瞬間、政彦は巻き添えを食ったショックではないことを悟った。もしあのとき巻き添えを食わなければ、確実に急所を射抜かれていた。そうおもうと、むしろ巻き添えを食ったことに感謝したいくらいである。日数がたつほどに、当夜の恐怖は薄れたが、狙撃者の脅威は残っている。

政彦のいまの唯一の気がかりは、あの狙撃者がダンスパーティーに紛れ込んで来ないかということである。

多数の参加者が群れ集うパーティーで、まさか狙撃をすることはあるまいと不安をなだめた。先夜の狙撃も、政彦が一人になるときを待ち伏せしていた。ボディガードを雇い、警戒を厳重にすれば狙撃者も手が出せないであろう。

来るか来ぬかもわからぬ狙撃者に怯えて、「チューブ」最大規模のパーティーをふいにすることはない。すでに前売り券も大量にはけて、後戻りはできなくなっている。

「来るなら来てみろ」

政彦は後遺症となっている脅威を、無理にねじ伏せるように強気になっていた。

8

岩井隆司は新宿を撮影すると、必ずベルサイユホテルに泊まる。岩井は新宿が好きである。

銀座のようなエリート意識もなければ、六本木、麻布《あざぶ》辺の高慢な上流気取り《スノッブ》もない。日比谷、大手町のビジネス、上野の地方臭も、渋谷の若者への迎合もない。池袋は埼玉の出店のようであるが、新宿は確実に東京である。東京の各要所よりも、確実に最も東京色が濃いといってもよい。

新宿は流れている。だれでもそこにいることは許されるが、根を下ろすのは難しい。その意味で寛大であると同時に、住むには過酷な環境である。

駅を城とすれば、西口新都心に展開する超高層ビル群に出入りするパワーエリート、東口メインストリートに軒を連ねるデパートや大型書店、ファッションビル、歌舞伎町界隈《かいわい》に犇く映画館・劇場、バー、スナック、レストラン、ラブホテルや各種風俗店、少し足を延ばせばあすなろ作家やアーティストの巣のゴールデン街、界隈に棲息《せいそく》している風俗女性やゲイ、新宿駅に棲み着いているホームレスに至るまで、あらゆる人種が集まっている。

それはまるで巨大な森林のようである。高木が背丈を競い、その麓《ふもと》に低木が枝葉を伸ばし、蔓《つる》がまとわりつき、林床には苔やシダや丈の低い草が這っているように、職業（無職を含む）、年齢、出身地、国籍、宗教、性別、キャリアなどが異なるあらゆる人物が集まって、新宿という生活社会を構成している。

ＪＲ、私鉄、地下鉄、バス路線が集中する新宿駅には、一日二百数十万人の人間が通過する。毎日の駅の流動を見ていても、新宿が流れていることがわかる。

森林には根を下ろすが、新宿に根を下ろす者は少ない。あらゆる人種に寛大に門を開いているが、そこに留《とど》まることは難しい。

およそ人間の集うところ、支配者やリーダーがいるものであるが、新宿には支配者やリーダーはいない。雑多な人種がそれぞれの背丈に応じて棲み分け（居分け）ている。決して仲良く棲み分けているわけではなく、各背丈に応じた環境に棲み分かれたのである。

時代の流れによって棲み分ける内部構造は変わるが、変わらないのはその流動性である。最近目立ってきたのは、外国人の増加である。特に歌舞伎町界隈の中国人の進出が著しい。新宿の国際化が一層その流動性を速めているように見える。

岩井は新宿の流動性と雑色性が好きである。人種の坩堝《るつぼ》というよりは、なにもかも一緒に放り込んだ闇鍋のような感じがある。人間のごった煮であるが、気力、体力の不足する者ははじき出されてしまう。

岩井は新宿に来ると、そこに犇き合う人間たちのエネルギーに圧倒される。だが、しばらく地方ののんびりした撮影をした後、新宿に帰って来ると、ほっとする。新宿の街には相も変わらず騒音と排ガスが充満し、人間の欲望がぶつかり合っている。新田舎の自然に溢れ、塵《ちり》一つ浮いていないような透明な空気を吸ってきた身には、新宿の空気は毒ガスである。とうてい人間の住める環境ではないとおもうが、むしろ、そここそ岩井にとっては我が町であり、人間の住む環境であるとおもった。

世捨て人ならいざ知らず、現役としてレースに参加している限りは、新宿こそ住むにふさわしい街である。根は下ろせなくとも新宿にいたい。

岩井は久しぶりに新宿に来て、そのことを実感した。一日、新宿の人や街を撮影して、〝定宿〟ベルサイユホテルに着いたのは、夜の十時ごろである。ふと、「モナリザ」の潤子を部屋に呼んでみようかとおもった。

彼女を主たるモデルにした『魂の切片』は好評で、再版が決まった。潤子には知らせていない。彼女には規定の花代（コール代）を支払っただけで、その後なんの連絡もしていない。彼女はコール代さえ払えば、だれにでも呼ばれて行く売り物である。

岩井は彼女を一夜妻ならぬ、一夜モデルと割り切っていた。おそらく先方も同じ意識であろう。潤子が書店で、自分がモデルになった写真集を目にすることはあるまい。

せっかく彼女を呼んだ同じホテルに来たのであるから、再指名してやろうかと考えた。潤子は帰りしな、「また指名してくださいね」と言って、店の名刺を残して行った。どの客に対しても言い残す営業上の外交辞令であろうが、岩井は彼女の営業上の客ではなかった。岩井にしても娼婦として接したわけではない。被写体として作品の素材である。

岩井は、一度使ったモデルは使わない主義であったが、もう一度彼女に会ってみたいとおもった。彼は四十一歳、一度離婚歴がある。まだ男の凝脂がたっぷりとある年代である。今度は被写体としてではなく、異性として潤子にまみえたくなった。新宿が発する猥雑《わいざつ》な空気のせいかもしれない。

「先日、岩井先生のご友人という方がお見えになりました」

顔馴染みのフロント係が岩井の顔を見ると言った。

「私の友人？　名前を言ったかね」

「いいえ。ご本人がおっしゃいませんでしたので、私もお尋ねしませんでした」

「私の友人でこのホテルを利用するとなると、隅に置けないね。連れがいたので、名乗らなかったのかもしれないな」

「いいえ、お一人でした」

「それじゃあ、ホテルからだれかを呼んだのかな」

「どなたも呼びにはなられませんでした。前回、先生がお泊まりになった部屋をリクエストされて、その夜のうちにチェックアウトなさいました。先生のファンでもあるから、新作の撮影現場をご自分の目で見たいとおっしゃっていました」

「『魂の切片』のことかな」

「そうです。モデルになったという女の子にも関心がおありのようでした」

「モデル……モナリザの潤子さんのことかい」

「モナリザの女の子でしたか。私は名前までは知らなかったので、モナリザかマドンナの女の子ではないかと申し上げました」

「一体、だれだろう、その友人は」

岩井は何人かの友人の顔を連想したが、おもい当たらない。

フロント係の話にさらに刺激を受けて、潤子に会いたくなった。彼女からもらった名刺の番号に電話をすると、あいにく今夜は予約が詰まっているということであった。気負い込んだだけに肩すかしを食わされたようである。

「ご指名以外にもいい女《こ》はいますよ」

と誘われたが、気合を削がされてしまった。潤子以外の女性を呼んでも意味がない。急にベッドの広さが侘しくなった。とても膝小僧を抱えて寝る気にならない。岩井はいまから家に帰ろうとおもった。どうせ膝小僧を抱えて眠るのであれば、自宅の方がましである。

遅い時間に帰宅してから、フロント係が告げた「友人」が気になってきた。どう考えても新宿のラブホテルに一人で〝現場検証〟に行くような友人におもい当たらない。棟居であれば、すでに現場検証もしており、潤子にも会ったそうである。

もしかすると、何者かが友人を偽装したのではないのか。なぜそんなことをしたのか。彼が『魂の切片』を見て、撮影現場とモデルに興味を持ったことは確かである。だが、彼の興味はそれだけであったのか。

当夜、ホテルの客が飛び降り自殺を遂げ、下に居合わせた人が巻き添えを食った。もしかすると友人？はその事件にも興味を持っていたのではないのか。岩井の胸の内に疑惑が膨張してきた。

岩井はフロント係から伝えられた情報を、棟居の耳に入れておいた方がよいと判断した。

岩井隆司から伝えられた情報に、棟居は緊張した。岩井の推測の通り、その友人？は〝事件〟の方に興味を持っていたのではないのか。

だれが事件に興味を持つか？

最も考えられるのは狙撃者である。彼にとって〝想定外の事件〟さえ介入しなければ、一発必中、政彦を必ず仕留められたはずであった。狙撃者は、山上の落下が偶然か、あるいは仕組まれたものか、疑ったのかもしれない。

狙撃者が山上について調べるのはわかる。だが、岩井隆司と潤子に興味を持った理由がわからない。潤子が山上と岩井の部屋をまちがえたことに気づいたとしても、それは偶発のまちがいである。また岩井が潤子をモデルにしたのも偶然であった。山上と岩井の間にはなんのつながりもない。

それとも岩井と狙撃者の間には事前のつながりがあったのであろうか。仮にそうだとしても、山上から岩井に結びつけるには飛躍がある。

友人?が狙撃者でなければ、次に本堂政彦が疑われるが、狙撃者以上に無理がある。

ただ言えることは、岩井の情報は無視できないということである。棟居はこれを牛尾に伝えた。

運命の幻影

1

ダンス（ディスコ）パーティーの当日がきた。前売り券はすでに売り切れ、当日売りにも長蛇の列ができて、プレミアムがつくほどの盛況となった。

会場は麻布のディスコを借り切り、著名なバンドの生演奏が入る。参加女性の多いことも人気を煽ったらしい。

「チューブ」にはとかくの噂があるが、大胆な演出や、圧倒的な女性の動員力が、むしろ噂と相まって人気を盛り上げているようである。

棟居は当夜、担当事件にかかっていて、パーティーに張り込めない。牛尾一人が手弁当で張り込むことになった。

予定参加総数は約七百名。それも予定よりも脹《ふく》れ上がりそうな気配である。これを牛尾一人で警備するのは無理であった。

狙撃者は果たして来るか。牛尾も棟居も必ず来ると見ている。前回は闇に潜んでの狙撃であったが、政彦になんの反省も見られず、性奴《ねんね》の補給源として大規模なディスコパーティーを開催したのであるから、これを懲《こ》らしめる見せ場としてはパーティー会場に勝る環境はない。

二度目の襲撃は報復だけではなく、見せしめとしてギャラリーを意識するであろう。棟居は牛尾と共に張り込めないことに歯ぎしりをした。

ここで意外な応援団が現われた。岩井を経由して事情を察知したらしい蚊取線香の同人たちが、警備のボランティアを申し出て来たのである。

社会の八方から集まった同人たちだけに、警備関係、自衛隊出身、いまは善良な市民になっているが、元暴力団員や前歴者《レコードホルダー》などがいる。頼もしい応援団であった。

このような場合、手弁当であるだけに自由が利く。職務上《オフィシャル》の警備であれば、こんな民間の応援団は頼めない。

開場一時間前から参加者が続々と集まって来た。数時間前にディスコに到着して、バーやカクテルラウンジで時間を潰している参加者もあった。

参加者は政彦の母校の現役学生を主体に、OB、他の大学の学生、女子大生、一般社会人、サクラのプロの女性陣、本堂政方や政彦の人脈に連なるお忍びの芸能人、そしてそれら芸能人を追って来た芸能マスコミ陣などである。マスコミ関係の興味を惹いているということは、すでに「チューブ」が芸能プロダクション並みの取材対象になっていることを示している。

だが、マスコミの興味はもっぱらお忍びの芸能人にあり、主催者の政彦が正体不明の狙撃者に狙われていることを嗅ぎつけた者はいない。

パーティーは政彦にとって性奴の補給源であるが、芸能人にとっても格好の女性ハントの場であった。芸能人には人目が集まる。彼らの周囲には常にファンが群れ集っている。だが、ファンに手を出すのはタブーである。勢い、手っ取り早く芸能人同士がカップルになる。一種の職場恋愛であり、結婚である。

人気芸能人同士のカップルとなると、マスコミの好餌《こうじ》である。芸能人は無数の異性に囲まれていながら、海の漂流者のように、どんなに渇いても海水を飲めないのに似ている。

そんな渇いた芸能人のために、チューブ主催のディスコパーティーは干天の慈雨のような催しであった。

ディスコパーティーで知り合った一般の異性であれば、一夜限りのつまみ食い、使い捨て自由の後腐れがない。またチューブのパーティーには芸能人が多いという噂を聞きつけて、少なからぬ女性が集まって来ている。

会場は麻布の老舗ディスコハウス「サブリナ」を借り切った。当日、開場数時間前から参加者が蝟集《いしゅう》して、異様な興奮が張りつめた。

レコードショップを語源としたディスコは、レコードのサウンドに乗って踊るスポットであるが、政彦は人気バンドを呼んだ。ダンスホールやナイトクラブを時代後れと見る若者たちも、ディスコとバンドのジョイントに喜んだ。

開宴する前からムンムンするような熱気が会場に立ち込め、官能的なサウンドと共に開宴した。もともと主催グループ「チューブ」という呼称は、プラスチックチューブから波のように流れ出てくるリズムから取ったものである。

強いアクセントのリズムに乗るディスコダンスはダイナミックであるが、鋭角的で攻撃的である。これを官能的なチューブサウンドに変えた本堂政彦は女性の感性に迫った。最初から女狩りを目的にしたディスコパーティーである。そのリズムに乗ったとき、女性たちはすでに本堂の獲物になっている。

パーティーは定刻に始まった。参加者は予定人数を上回った。興行としても大成功である。パーティーは8ビートのディスコサウンドで始まった。会場四ヵ所に設けられたお立ち台には、盛り上げ役のダンサー《ダンサー》が立って、官能的な踊りを披露する。

開宴時、お立ち台に立った女たちは、すべて政彦の性奴である。性奴によってつくりだされた女狩りの情熱と場内の雰囲気が、獲物を一網打尽にする投網《とあみ》のように女性参加者を捕らえていく。

最初、少しためらっていたソーシャルダンスの上手も、自然に踊りの輪の中に溶け込んだ。チューブが仕掛けた甘い毒に早くも酔っている。

政彦はＶＩＰ席に悠然と腰を下ろして、満足そうに超満員の会場を見下ろしている。政彦の周囲は取り巻き《スタッフ》が固めている。会場の要所要所には、牛尾以下、蚊取線香の同人たちがさりげなく目を配っている。狙撃者は来るか来ないかわからない。牛尾は来る方に賭けて、万一の警戒態勢を布いた。

政彦本人には牛尾らの手弁当警戒を告げていない。チケットを購入した一般参加者として入場している。当初はむらがあった会場は、時間の経過に伴い次第に溶け合い、盛り上がってきた。グループ同士が一団となり、次々にカップルが成立している。だが、まだ流動的である。

ディスコサウンドが会話を妨げ、激しいダンスが狩人《ハンター》の照準を乱す。狩人たちはスローな曲を待っている。音楽がスローに切り換わったとき、照明は最小限に絞られ、照準が定まる。

スローに切り換わった瞬間が狩人たちの腕の競い合いとなる。いかにライバルよりも早く獲物《ターゲット》を確保するか。それは歌留多《かるた》取り競技に似ているが、獲物《ターゲット》に拒否権があることが歌留多取りとはちがう。腕のいい狩人はスローに切り換わる前からターゲットに根回しをして、スローと共にすでにカップルが成立している。

政彦は今夜のパーティー最大パフォーマンスとして、途方もない企画を用意していた。

「スローに切り換えたとき、会場を暗黒《ブラックアウト》にしろ。ショータイムは五分間、その間に今夜知り合ったばかりで、セックスを完了《フィニッシュ》したカップルはハワイ旅行に招待する」

と宣言した政彦に、取り巻きは仰天した。

「ブラックアウトした中で、開宴中、会場でセックスをフィニッシュしたことをどうやって証明するのですか」

スタッフの一人が問うた。

「赤外線撮影をすればよい」

「あまりにも危険です。マスコミに気づかれたら、主催者側全員、お縄になっちまいますよ」

「仮にそんなカップルが名乗り出たとしたら、発表しなければなりません。発表すれば、マスコミが寄ってたかって報道します。そんなことになったら先生（父親）に大迷惑をかけます」

スタッフの大反対にあって、さすがの政彦もおもい止まったが、

「おれが一人でやる分にはわからないだろう。ブラックアウトすれば、本番はしない

までも、同じようなことをやるやつが必ずいる。以前からパーティーでやってみたかったんだ。パーティーでやってやる。前にも六十階のビル屋上直行エレベーターでフィニッシュしたことがある。五分間あればユウマニ（悠々間に合う）だよ」

とパーティーセックス・パフォーマンスにこだわった。スタッフも一人でやるという政彦を諫止《かんし》しきれなかった。

「パートナーはだれにしますか。へたな相手は選べません」

スタッフがやむを得ず妥協した。

「大奥《コヤ》の女どもでは面白くない。参加者から選ぼう」

「それは危険すぎます。一見《いちげん》の女は避けるべきです」

これまでもアフターパーティーの内輪の酒宴に、初参加の女性を軟禁同様にして物議をかもしたことがあった。父親が権勢と金で揉み消したが、常習犯となると庇いきれなくなる。

「プロのサクラを使ってはどうですか」

別のスタッフが妥協案を出した。

「悪くないねえ。プロの女なら文句は出ないだろう」

金で買ったサクラであるが、パーティー中のパフォーマンスは暗黙の了解を得ているようなものである。

「敵娼《パートナー》は潤子だ。モナリザの潤子を呼べ。あの女とはまだ手合わせしたことがない。ただし、彼女にはパフォーマンスのことは伏せておけ。予備知識をあたえると面白くない」

政彦は妥協案に注文をつけた。

パーティーは熱気を帯び、参加者はお立ち台を奪い合うようになった。お立ち台の女性参加者を仰角で撮影しようとして、報道陣が群がった。パーティーはたけなわになった。

パーティーが最高潮に達したとき、照明が消えた。サウンドがアップテンポからバンドネオンの甘くすすり泣くような旋律と共に、スローに切り換わった。狩人たちが待ち構えていた時間帯である。

さすがの狩人たちもブラックアウトになるとは予想していなかった。暗黒の中で目星をつけていた獲物の奪い合いが始まる。すでにスタンバイしていた政彦は、潤子を擁して暗黒の中に身を沈めた。一分ほどスローに乗って気息を整え、歩調《ステップ》を合わせる。

暗黒の中での踊りは人に合わせるためのものではない。獲物を捕捉した狩人たちは、それぞれが勝手な動きをしている。熱気に浮かされて、出会ったばかりのカップルが唇を重ねている。照明が戻れば離れて行くカップルは、暗黒の中ではだれが相手でも同じである。

エトランジェ同士のカップルが、闇の中で大胆な交歓をしている。だが、セックスにまで発展しているカップルはいない。

一分消費したところで、政彦はタイミングを合わせて一気に行動を起こした。おおかたのカップルは身体を密着し、あるいは唇を合わせたまま動きを止めている。闇は一際濃厚になった。

潤子が小さな悲鳴をあげた。サウンドに紛れて周囲には聞こえない。多少の悲鳴が洩れたところで、気にする者はいない。

「やめてください」

潤子は訴えた。

「商売だろう。ベッドの上でもホールでも、やることに変わりはねえよ」

政彦がせせら笑った。

「許して。こんなところではいや」

潤子は驚きのあまり抵抗が弱い。それを許容と錯覚した政彦は、さらに強引に行為を進めた。

2

突然のブラックアウトに、牛尾以下、蚊取線香の警備陣はうろたえた。スロータイムに照明が絞られることは知っていたが、ブラックアウトは予測していなかった。しかも、ブラックアウト中、政彦がパートナーを擁してダンスに加わった。うろたえながらもボランティアの警備陣は、手探りで政彦を中心に包囲網を絞った。

闇の中心では、政彦が潤子の絶望的な抵抗を抑えて、行為のクライマックスにさしかかっていた。

潤子はもがいた。身体をひねって、政彦の傍若無人な侵襲を避けようとしているが、政彦は熟練した漁師が網の中で跳ね回る魚を押さえ込むように、馴《な》れた手つきで必要最小限の剝奪《はくだつ》をし、ぴたりと彼女の身体を捕捉している。持ち時間あと一分。

異常な環境下《フィニッシュ》にあって、政彦自身が驚くほど男の機能を全開にしている。あとは止めの一刺しのみである。政彦は自信を持って鉾先《ほこさき》を進めようとした。その一瞬、政彦は強い力で引き戻され、下腹部に強い痛みをおぼえた。

暗黒の中に女性的な悲鳴が迸《ほとばし》った。潤子の悲鳴ではない。政彦があげた悲鳴である。同時に潤子は何者かに手を引かれ、耳許でささやかれた。

「こちらに来なさい。彼から離れて会場を出なさい」

以前にどこかで聞いたような渋い声であったが、おもいだせない。敵性の声でないことは確かである。

潤子は手を引かれるままに、闇の中の雑踏を導かれた。照明が戻る直前、手を離された。よみがえった照明の下、参加者は愕然とした。ダンスホール中央に下半身を血だらけにした政彦が倒れてうめいている。スタッフは顔色を失い、牛尾が、

「救急車を呼べ」

と叫んだ。

応援警備陣が会場の出入口に走った。彼らは狙撃者の襲撃を直感した。

この時点ではまだ政彦のダメージの程度とその部位は不明である。参加者の大多数はなにが起きたのかよくわからない。

牛尾はパニックを抑えるために、まず政彦を会場から人目につかない場所に移動させるようにスタッフに指示した。ホールの中では参加者が犇き合い、政彦の応急手当もできない。狙撃者が銃を乱射でもしたら大惨事となる。

それに、この時点では狙撃者が止めを刺しに来たとは確認されていない。政彦を恨んでいる女性は多い。パーティーのブラックアウトに乗じて、政彦の毒牙にかけられた犠牲者が報復に来たのかもしれない。

牛尾は一一九番への通報と、政彦の移動を矢継ぎ早に指示した後、

「パートナーの姿が見えない。パートナーを探せ」

とさらにスタッフと警備陣に命じた。政彦のパートナーが襲撃時の様子と犯人についての情報を知っているかもしれない。牛尾に言われて、一同は潤子の姿が消えていることに気づいた。

ひとまずディスコ内の救急臨時医務室に移送された政彦は、男性器を鋭利な刃物で切られていることがわかり、応急手当を受けた。ほとんど切断に近い状況で、救急臨時医務室の手に余った。

間もなく到着した救急車によって、最寄りの救急病院に運ばれた政彦は、直ちに緊急手術を受けたが、生命には別状ないものの、男性機能は永遠に喪失したと宣告された。

3

本堂政彦のディスコパーティー襲撃事件は、主催者側がひた隠しに隠したが、現場にはマスコミを含む事件目撃者や、ブラックアウトの中に悲鳴を聞きつけた者もおり、報道されてしまった。

これはブラックアウト中に発生した事件であり、犯人を見た者はいない。最初、パートナーの女性が疑われたが、彼女は事件発生直後、何者かに手を引かれて会場の端に誘導されたと申し立てた。パートナーは被害者が一夜限りに指名した初見の女性であり、動機はまったくない。

牛尾もパートナーを疑っていない。牛尾はベルサイユホテルで狙撃に失敗した狙撃者の再襲撃であると確信していた。被害者自身にも心当たりがあるようである。

大学サークル主催のディスコパーティーで発生した猟奇的事件であったが、本堂政方の奔走によって事件の詳細は秘匿された。

被害者は逸速《いちはや》く医務室に移送されたので、目撃者も被害者が下半身血みどろになって床に倒れている姿を見ただけである。

事件は被害者本人はもちろん、関係者や取り巻き《スタッフ》、また牛尾や棟居に強い衝撃をあたえた。牛尾と棟居は、狙撃者とは別の線である可能性はあっても、第一次の襲撃時に的を外した狙撃者が止めを刺しに来たという確信は揺るぎない。

狙撃者は銃器にこだわらなかった。事件発生後、牛尾は棟居に会って、

「私が張っていながら面目ない。最初の狙撃に失敗したので、二度目も飛び道具を使うとおもっていました。この容疑者《マルヨウ》は状況に応じて得物《えもの》を替えます。そのことを予想すべきでした」

牛尾は詫びた。

「牛尾《モー》さん、私がいても同じことでしたよ。だいたいブラックアウト最中に政彦が踊りの輪に入ろうとは予想もしていませんでした。しかも、阿部定《あべさだ》ばりに男の機能を切り取ってしまうとはおもいもしませんでしたよ」

「たしかに。しかし、これほど女性の天敵を懲らしめるのに適したペナルティはありません。天敵は女性に対して生涯、無能力になってしまったのですから」

「それだけに本堂政彦は女性の恨みを集められたような気がしているでしょうね。本堂家も関係者も創傷《ダメージ》についてはひた隠しに隠しています」

「容疑者として牧村みずきの線はどうおもいますか」

「有力ですね。しかし、みずきの遺族の犯行とは考えられません。これはプロの手口ですよ。仮に牧村家がプロの依頼者であるとしても、直接のつながりはないでしょう。牧村家とプロのつながりを立証することはほとんど不可能です。完敗ですね。

プロの手口とすれば、必ず余罪があるはずです。そして、今後も犯行を重ねるでしょう」

「もしかすると、狙撃者は最初の狙撃時においても殺害する意志はなかったかもしれませんね」

「私もそんな気がしていたのです。狙撃者の目的はターゲットの命を取ることではなく、懲らしめるためだったのでしょう。それがおもわぬ介入によって的を外してしまった」

「的は初めから、ターゲットの男の機能を無能力にすることにあったということですか」

深夜、闇の奥に隠れて、離れたターゲットの命を奪わず、男の機能だけを無能力化しようとしたとすれば、尋常の狙撃者ではない。パーティー会場では状況に応じて凶器を銃器から刃物に替えた判断からしても、場数を踏んでいるようである。

「襲撃の後、マル容らしき男がパートナーの女性の手を引いて誘導したということも気になりますね。女性は『こちらに来なさい。彼から離れて会場を出なさい』と耳許でささやかれて、手を引かれたと供述しています」

「マル容がなぜそんなことをしたのか、気になりますね」

「牛尾《モー》さん、もしかしてマル容はパートナーを知っていたのではありませんか」

「棟居《ムネ》さん、すでに会っていますよ。パートナーはモナリザの潤子です」

「モナリザの潤子……岩井隆司氏の『魂の切片』のモデルですか」

「そうです。本堂政彦は潤子をパートナーに指名したそうです」

「政彦と潤子は馴染みだったのですか」

「いや、そのときが初めての指名だったそうです。政彦も潤子を岩井氏の写真集で見て、指名したそうですよ」

「それ以前には、政彦と潤子の間にはなんのつながりもなかったのですか」

「チューブの主催するパーティーには、新宿のデートクラブの女の子たちにサクラを依頼していたそうですが、潤子が政彦のパートナーに指名されたのは当夜が初めてだったそうです」

「すると、潤子は政彦から指名されることは予期していなかったはずですから、当夜、彼を襲うのは無理ですね」

「潤子本人には無理ですが、彼女と狙撃者の間につながりがあれば、政彦からサクラとして呼び出されたことを狙撃者に告げて、パーティー会場に待ち伏せさせることはできる。ブラックアウト中のダンスに誘い込んだのも潤子かもしれません」

二人は発酵してくるおもわくを見つめた。

4

水沢潤子はパーティー当夜の衝撃からなかなか立ち直れなかった。闇の中でダンスの最中、本堂政彦から性行為をしかけられたのもショックであったが、本堂政彦の毒牙から捥《も》ぎ離すように後方に引かれて、耳許でささやかれた声に記憶があった。渋みのある声音が彼女をいたわるように聞こえた。

そのときは政彦はすでに襲われていたのであるが、彼の悲鳴と、彼女を誘導する声と、照明が戻った瞬間がほぼ同時に連続しているように感じられた。照明が戻ったときは、すでに誘導者は人込みに紛れてわからなくなっていた。

彼が政彦を襲った犯人かどうか確かめたわけではないが、潤子は誘導された瞬間、犯人であることを直感した。事件発生後、現場に居合わせた新宿署の牛尾に事情を聴かれたが、自分の直感については黙秘した。

暗黒の中で政彦に半ば犯されかけていた潤子は、誘導者によって際どいところで救われた。身体を切り売りしているが、自分の意思に基づいている。闇の中とはいえ、衆人の真っ只中で身体を売りたくない。客を選ぶ自由は守っているつもりである。

それにしても、ブラックアウトの中を、手を引いて誘導してくれた男の素性が気になった。厚く温かい男らしい手の感触が、いまでも忘れられない。

それ以上に、彼の声に記憶があった。郷愁のような懐かしい声であるが、おもいだせない。それほど以前に聞いた声ではないが、声の主を特定できない。

旅の途上、見知らぬ街角や路上ですれちがったとき、ふとエトランジェと交わした言葉のように、その声を聞いた状況そのものが、ソフトフォーカスに烟っている。

人生のほんの一コマ、束の間の出来事であったが、夢に見たメルヘンの国のように懐かしい。きっと夢で出会ったどこのだれとも知らぬ人に似通っていたのかもしれない。

偶然のきっかけから、記憶がよみがえった。行きつけの美容院でなにげなく開いた雑誌のページに目を走らせた瞬間、潤子の脳裡に灯がともったように感じた。

そのページは「日本の灯」と題する特集で、日本の照明文化を紹介している。行燈《あんどん》、蠟燭《ろうそく》、石油ランプ、ガス灯、そして電灯に至り、白熱灯や蛍光灯や、庭園を照らす水銀灯、壁全体を発光するパネル照明や、豪華な大シャンデリア、建物全体や風景そのものを照らしだすライトアップに至るまで、光源と照明器具の歴史を追った特集である。

その中に自然の光源として、水辺に点滅する蛍がいた。水辺の闇の奥に棲息するデリケートな昆虫は、そのあえかな光によって仲間と交信しているという。光は蛍の言葉である。その言葉が、華やかな人工の照明を圧倒するように暗闇に群舞している。光の意味を解く前に、蛍が舞う闇がパーティー会場のブラックアウトと重なって、誘導者の声がささやいた。潤子は声の主と初めて出会った場所をおもいだした。

都内のホテルの庭園に造られた、人工ながら深山の趣きのある森の奥の水辺で、潤子は蛍見物に行った仲間とはぐれた。広大な庭園に見物客はばらけて、周囲に人の気配は絶えた。暗黒に群舞する蛍の光跡が妖精のように立ち上がってくる。闇に閉ざされて方向感覚も失われてしまった。

いいかげん心細くなったとき、一個の人影が現われた。やはり蛍見物に来て、グループからはぐれてしまったらしい。ほっとした潤子は、「源氏蛍と平家蛍はどのようにちがうのですか」と問いかけた。渋い男の声が、源氏蛍のほうが平家蛍よりも体型が少し大きいというようなことを説明してくれたが、潤子はよくおぼえていない。説明などはどうでもよかったのである。

もの言わぬ蛍の光のコミュニケーションに閉じ込められて心細くなっていた潤子は、救いの神のように現われた人影と人間の言葉を交わしたかっただけである。潤子はそのままその人と肩を並べるようにして、暗闇に点滅する蛍の光跡を見ていた。

光りながら飛び交い、あるいは水辺に群れ集まって、青白い火の玉のように燃えている。潤子はいつの間にか、いま出逢ったばかりの男と体を接するばかりに寄り添っていた。涼しい水辺にたがいの体温が感じ取れた。もはや、言葉は不要であった。

潤子はその男に出逢うべくして出逢った運命のようなものをおぼえていた。これまで二人が生きてきた異なる環境は、透明なバリアによって柔らかく切り離され、二人だけの世界に浸っているような気がした。

意味のある言葉を交わしたわけでもないのに、蛍の光の交信に託して、大切な想いを伝え合っているようであった。そのまま時間が経過すれば、二人の間にどのような発展があっても不思議はない暗黙の了解が成立していた。

そのとき、仲間の呼ぶ声がして、二人だけの世界のバリアが崩れた。潤子は、はっと我に返り、男に軽く頭を下げて、声の方角に向かった。

蛍を見に行ったあの一夜、ホテルの人工森林の奥で、束の間であったが、二人だけの世界を分かち合った人が誘導者であった。

いまとなっては、蛍の発光のように幻影となって烟っているが、あのとき源氏蛍と平家蛍のちがいについて解説してくれた人の声が、ブラックアウトの会場を、手を引いて導いてくれた誘導者の声とぴたりと重なっていた。

潤子はそのとき、蛍見物の夜、二人が出逢ったずっと前から、彼を愛していたような気がした。あれは蛍の幻想的な光が演出した一夜限りの幻影ではない。運命であったのだ。その運命に逆らって、心を彼のそばに残しながらも、仲間の声に引き戻されたために、パーティーのブラックアウトの中で彼に救われたのである。いや、運命に救われたのである。

その運命の相手の名前も住居もわからない。一縷《いちる》の望みは、彼からの連絡である。彼にブラックアウトの中を誘導されたとき、彼は潤子を知っているような気がした。潤子の名前も素性も、住所も、そして一夜、束の間の蛍の舞いを共に見たことも知っているようであった。もしそうであれば、いずれ彼の方から連絡してくるかもしれない。

彼に逢いたい。彼に逢って、あの夜、蛍の光に託した言葉の意味を告げたい、と潤子は痛切におもった。

5

棟居は牛尾に同行して潤子に会いに行った。棟居が潤子に会うのは二度目である。モナリザ経由で潤子に連絡が取れ、今度は潤子が指定した新宿に近い私鉄駅近くの喫茶店で会った。

潤子は牛尾から面会を申し込まれたので、棟居が同行していたことに少し驚いたようである。前回、棟居が潤子に会ったときは、名前と警察関係とだけ告げて、もっぱら部屋まちがいと、山上章との関係について問うた。

今回の棟居の関心の的は、パーティーでの本堂政彦の被害と潤子との関係に向けられている。あくまでも任意捜査であるので、潤子の協力を前提にしている。

事件発生直後、牛尾はすでに彼女から事情を聴いているので、下地はできている。

「前回お尋ねしたことと多少重複することがあるかもしれませんが、棟居さんが直接お尋ねしたいことがあるそうで、ご協力ください」

牛尾は柔らかく切り出した。

「私にできることがあればご協力いたします」

潤子は殊勝に答えたが、内心構えている。

「事件発生直後、素性不明の男があなたを会場の暗闇の中を誘導したということですが、その人物にお心当たりはありませんか」

牛尾に代わって棟居が問うた。すでに牛尾が聞いたことである。

「それがまったく心当たりがありません。ダンス中、突然、本堂さんが悲鳴をあげて床に倒れたので、私はなにが起きたのかわからず、棒立ちになっていたのです」

「本堂さんが悲鳴をあげて床に倒れたときと、あなたが男に手を引かれて誘導された間には、どのくらいの時間的間隔がありましたか」

「そんなになかったとおもいます」

「つまり、その男は事件が発生したとき、あなたと本堂さんの近くに居合わせたわけですね」

「とおもいます」

「その男を犯人とはおもいませんでしたか」

「おもいませんでした」

「なぜですか」

「なぜと言われても……犯人だったら、私の手を引いて安全なところに移動させようとはしなかったんじゃありませんか」

「彼が犯人であれば、もっと危険になります。暗黒の中で事件発生直後、なぜ彼はあなただけを安全圏に誘導しようとしたのでしょうか」

「私が本堂さんのパートナーであったので、巻き添えになるのを恐れたからではないでしょうか」

「すると、その人物はあなたが本堂氏のパートナーであることを知っていたことになりますね」

「はい。大勢の見ている中で踊りましたから」

「本堂さんは会場がブラックアウトになってから、あなたをパートナーにして踊り始めたとパーティーのスタッフは言っていますが」

潤子は虚を衝かれたような表情をした。棟居に言われて、たしかにダンスをスタートした時点が、ブラックアウトの後だったことをおもいだしたようである。暗黒の中ではパートナーがだれか見分けられない。

「照明が消える前に、本堂さんからダンスのお相手を指名されました。そのとき察したのではないでしょうか」

「本堂さんがあなたを指名したとき、周囲にだれかいましたか」

「スタッフの方がいたようにおもいますが、よくおぼえていません」

「スタッフがあなたを誘導したとすれば、照明が戻るまであなたのそばにいたはずですが」

「よくわかりません」

「非常に聞きにくいことをお尋ねしますが、本堂氏は男性機能を切損されて、生涯無能力になってしまいました。本堂氏は暗闇の中でダンス中、あなたに性的な行為をしかけませんでしたか」

潤子は返答に窮したようである。

「本堂氏の被害状況は、鋭利な刃物で直接切られたようです。衣服は切られていません。衣服越しであれば、そこにも疵《きず》があるはずです。つまり、本堂氏はあなたとダンス中、衣服を脱いだとき切られたということです」

「私、私にはわかりません。動転していて、よくおぼえていないのです」

潤子の言葉がもつれた。

棟居と牛尾は、政彦がブラックアウトに乗じて、パートナーと交わろうとしたと睨んでいる。そこを襲われた。

潤子はプロの女性であるが、合意の上ではなかったようである。暗闇の中とはいえ、ダンス中交わるとはふざけている。正常のセックスに飽きた政彦らしい暴挙といおうか、愚挙である。そこを犯人は衝いた。

「犯人はあなたを傷つける意思はなかった。しかし、本堂氏は懲らしめたい。女性の天敵と恨まれていた本堂氏を男として無能力にしたら、これに勝る膺懲《こらしめ》はありません。犯人はパーティーの前から本堂氏の素行調査を徹底して行ない、パーティー当夜、待ち伏せしていたのだとおもいます。本堂氏がダンス中、あなたに性的行為をしかけることも予測していたのでしょう。あなたは本堂氏からしかけられたとき、協力しましたか、あるいは抵抗しましたか」

「もちろん抵抗しました」

潤子は棟居の誘導尋問に引っかかった。

「あなたが本堂氏の悲鳴を聞いたのは、抵抗する前でしたか、後でしたか」

「後でした」

「そうでしょう。協力していれば、本堂氏の局部を切損するのは難しい。あなたが抵抗して、二人の身体が離れたときを狙って、犯人は本堂氏を襲ったのでしょう。その後、あなたの手を引いて誘導した」

「その通りです」

「犯人とあなたを誘導した人物はまだ同一人物と確認されたわけではありません。あなたがそのようにおっしゃるのは、なにか根拠があるのですか」

うっかり誘導《カマ》をかけられてうなずいてしまった潤子は、棟居に言葉尻をつかまれてうろたえた。

「そ、それは、本堂さんが悲鳴をあげた後、ほとんど間をおかず手を引かれたので、ついそうおもったのです」

潤子は棟居の鋭い追及を辛うじて凌《しの》いだ。

「なるほど。同一人物だとすると、犯人はなぜ、あなたを安全圏に誘導しようとしたのでしょうか。犯人があなたを巻き添えにしたくなかった心理はわかります。しかし、意図した通り、本堂氏だけを襲ったのですから、あなたにはもはや危険はないことを犯人自身がいちばんよく知っていたはずです。にもかかわらず、あなたを現場から避難させようとしたのは、犯人とあなたとの間になんらかのつながりがあったからではないかと考えられるのですが」

「私は、私は、犯人にも、私の手を引いて誘導してくれた人にも心当たりはありません」

潤子は言い張った。

6

任意の事情聴取なので限界があった。牛尾と棟居は潤子に会った帰途、印象を話し合った。

「やはり彼女と犯人の間には事前のつながりがありますね」

棟居は言った。

「私もそうおもいました。彼女は犯人、即誘導者と悟ったようです。犯人としては、照明が戻ったとき、潤子が被害者のパートナーとして衆目にさらされるのを防ぎたかったのでしょうか」

「たぶんそういうことでしょうね。彼女は犯人を庇っているようです」

「潤子は共犯の可能性はありませんか」

「それはないとおもいますね。本堂政彦がブラックアウト中の自らの性的パフォーマンスをおもいついたのは、直前だったそうです。突然の指名を受けた彼女は、そのことを予測できなかったはずです」

「彼女が犯人に誘導されたとき、暗闇の中でその素性を知ったのは、声からでしょうか」

「たぶんそうでしょう」

「照明が戻ったとき、彼女は誘導者が人込みに紛れてだれかわからなくなったと言っていますが、すでに誘導者がだれか、見当がついていたようですね」

「前にお伝えしたベルサイユホテルの『魂の切片』撮影現場を確かめに来た者がいます。三十代後半から四十前後の引き締まった体型の長身の男だったそうです。私はその男が犯人のような気がするのですが」

「私もそんな気がしました。彼は『魂の切片』を見て、撮影現場を確かめに行ったんでしょう。つまり、モデルに興味を持ったのだとおもいます。そのときすでに犯人と水沢潤子の間にはつながりがあった。そこで撮影現場を確認に行ったというわけです」

「水沢潤子をマークしていれば、犯人が現われるかもしれませんね。しかし、四六時中、彼女を監視しているわけにもいかない」

「モナリザやベルサイユホテルは私の管内です。ホテルの従業員や店の者に言い含めて、それとなく目を配らせておきます」

牛尾が請け合った。

幻の性欲

1

牛尾と棟居の再訪は、潤子に衝撃をあたえた。二人の刑事は潤子の胸の内を読んでいる。本堂を襲った犯人と誘導者が同一人物で、潤子と事件前からつながりがあると睨んでいる。つながりといっても、潤子は彼の名前も住所も知らない。

しかし、彼は潤子の素性を知っているかもしれない。知っているからこそ、本堂を襲撃した後、誘導してくれたのだ。きっと『魂の切片』が彼の目に触れたのであろう。

彼は潤子と蛍を一緒に見たことをおぼえていたのだ。刑事たちの訪問が、改めて彼との出逢いに運命的なものをおぼえた。ただ一度、蛍火の中で言葉を交わしただけなのに、恋しさが募る。

母が病没し、一周忌もすまぬうちに再婚した父の後妻と折り合いが悪く、家を飛び出した。知るべもない大都会で、世間知らずの小娘が一人で生きていくためには身体を売る以外になかった。一度売ってしまうと、なるようになれという気になった。自分を切り売りしながら、人間の海のような東京を漂流している間に、身体だけでなく、心がすさんでいくような気がした。

そんなとき、同じような境遇にいる仲間から蛍見物に誘われた。

私の郷里には蛍がいっぱいいるの。蛍を見ていると、体の中にたまっている澱が洗われるような気がするわよ。神社やお寺にお参りして、いくらお賽銭《さいせん》を投げても、決して浄《きよ》められない澱が、蛍の光と一緒に消えていくような気がするの。

と友人から誘われて、幼いころ、母と一緒に郷里の水辺に蛍を追ったことをおもいだした。蛍が、彼女を買った男たちが身体に残して行った澱を浄めてくれるとはおもわなかったが、死んだ母の霊に会えるような気がした。

ホテルの人工森林の中で友人にはぐれ、母の代わりに彼に出逢ったのである。それだけの、出逢いとはいえないすれちがいで終わったなら、運命をおぼえることはなかったであろう。パーティーでの再会が、二人の出逢いを運命づけたのである。

とはいっても、潤子の一方的なおもい込みであるかもしれない。運命の相手は名前も住所もわからない。それでも運命といえるのか。出逢ったこと自体が運命であれば、一方的なおもい込みであっても運命にはちがいない。少なくとも彼は潤子を誘導してくれた。それは彼が「蛍の出逢い」をおぼえていた証拠である。

二人の刑事が再訪して来た事実も、それを裏書きしている。すでに潤子と彼とは二度逢っている。彼は潤子の素性を知っている。彼も運命をおぼえているのであれば、連絡してくるかもしれない。可能性はあるとおもった。

潤子が家を出て、東京を漂流しながら、こんな気持ちになったのは初めてであった。男は自分の身体の上を通り過ぎて行く動物にすぎない。身体を切り売りしていても心は売らない。そのように自分に言い聞かせてはいても、売る都度に心がすさんでいく。身体の切り売りと心の荒廃は連動している。

いままでそんなことを考えてもみなかったが、蛍の出逢いをして以後、さらに心の荒廃を感じるようになっていた。できることなら身体の切り売りをやめて、ちゃんとした定職に就きたい。だが、若い女の就職口はそう簡単にはみつからない。

そして、いわゆるお勤めなるものには、あまり魅力を感じなかった。定職に就くには泥水を被りすぎていた。泥水の味は甘く、毒がある。潤子はその毒素に侵されていることを知っている。

「こちらに来なさい。彼から離れて会場を出なさい」

と暗黒の中を誘導してくれた彼が、あたかも彼女を毒の環境から引き出そうとしているかのように感じられた。

（お願い。連絡してください。一度でいいから連絡して。逢いたい。お逢いしたいのです）

潤子は祈った。

2

牛尾と棟居は、風紀担当の新貝の協力を得て、〝プロの余罪〟を調べた。そしてこの数年、未解決の傷害事件が東京、横浜、名古屋などの大都市で発生していることを知った。

被害者はいずれも有力者や富裕な者、あるいはその係累《けいるい》であり、悪質な交通事故の加害者や、巧妙な脱法行為、脱税、いじめ加害者、乗っ取り、信者を獲物にした邪教の教祖、暴力団などである。権勢と金の力で事件を揉み消し、あるいは法網を潜《くぐ》って笑っている輩《やから》であった。

彼らは二度と悪行を重ねられないように視力を奪われたり、生涯車椅子《くるまいす》に縛りつけられたり、発声ができなくなったり、独力で歩行できない身体になっていた。

彼らの被害で共通していることは、身体の重要な能力を奪われるだけで、生命には別状ない。そして被害者は一様に被害を秘匿していた。そのためにこれまで表沙汰《おもてざた》にならなかったのである。

加害の手口も銃器、弓矢、鞭《むち》、鈍器、刃物、時に毒物などと一定していない。いずれも加害者に甘く、被害者に酷な事件の加害者が罰せられていた。

生命を奪わず、身体の重要な能力を破壊してしまう。棟居と牛尾は、そこに共通のにおいを嗅いだ。〝犯臭〟ともいうべきにおいである。

「牛尾《モー》さん、こいつですね」

「同感です。被害者が被害をひた隠しに隠していることも共通しています。本堂政彦も被害届を出していません。大したことはないの一点張りです。被害届を出すことによって悪事が露見するのを恐れているようです。

しかし、自らを正義の代行者として、〝天誅《てんちゅう》〟を加えている犯人を野放しにしておくわけにはいかない。こいつはまた必ず動きます」

「どうやって予防しますか。次の的《ターゲット》はだれか。われわれは犯人の影も形も見ていません」

「わずかですが、糸口があります」

二人はたがいの顔を見合った。

「水沢潤子」

二人は同時に言った。すでに潤子はマークしているが、彼女が犯人につながる糸口であるとすれば、これまでの被害者との間にもつながりがあるかもしれない。

水沢潤子は身体を切り売りするプロの女性である。過去の被害者の中にも、潤子の肉体を〝切り買い〟した者がいるかもしれない。となると、糸口は一挙に複数になる。


久しぶりに岡野が顔を見せた。

「どうやら棟居刑事と牛尾刑事が嗅ぎつけたようです」

のっけから岡野が言った。

「とうに嗅ぎつけているのではありませんか」

「本堂のバナナ切りだけではありません。これまでの肝ヅメや腎ヅメ、目潰《めつぶ》し、舌抜きとの関連も嗅ぎつけたようです」

「すると、被害者が被害届を出したのですか」

「出してはいませんが、被害状況の情報は洩《も》れています」

「各被害の関連性に気がついたのですね」

「そうです。命は奪わず、能力だけを奪ったという共通項にね……」

「さすが岡野さんが一目置く敏腕の刑事ですね」

「当分、依頼は受けない方がよいでしょう。彼らが担当する強制捜査となると面倒ですよ」

「自重します。私もまだお縄になりたくありませんから」

「彼らは水沢潤子にも目をつけていますよ」

「彼女は関係ないでしょう」

「大いにあります。あなたがブラックアウトの中を手を引いて誘導しました」

「私が彼女を誘導しても、私が即、本堂の加害者ということにはなりませんが」

「時間、場所、共に接近しすぎています。それにブラックアウトの中では、加害者でもなければ彼女が本堂のパートナーであることはわかりません。加害者がパートナーとなんらかのつながりがあったからこそ、誘導したのでしょう」

岡野には潤子と蛍の一時を分け合ったことを話していないが、敏感な彼は、二人の間に事前のつながりがあった事実を察知しているようである。

「わかりました。当分自重します」

奥は言った。

本堂政彦は男の機能を奪われたショックだけではなく、精神的なショックも大きかった。

偉大な父親の七光のもとに、世界は自分を中心に回っているようなおもい上がりを、完膚なきまでに粉砕されてしまった。もはや大奥の性奴《ねんね》たちも、無用の長物になった。

だが、機能は奪われたものの、女に対する興味は失われていない。性器はないのに性欲はある。あたかも手や足を失った者が、ないはずの手や足の痛みをおぼえることがあるように。幻の性欲である。それだけに辛い。

政彦は大奥を縮小したものの、まだ性奴は数人留めておいた。性奴の身体をいじくりまわして、幻の性欲を散じようとした。だが、決して解消できない欲求不満《ストレス》がたまってきた。

特定の性奴相手では飽きてきた。彼女らが義務的にねんねの代わりになっていることがよくわかる。政彦は襲われたときのパートナーをおもいだした。ブラックアウトのホールでダンス中襲われ、未遂に終わった不満は、ない性器の先に幻肢痛《げんしつう》のように残っている。

「潤子を呼べ。モナリザの潤子を呼べ」

政彦は取り巻きに命じた。

「潤子はモナリザを辞めたそうです」

取り巻きが答えた。

「モナリザを辞めた。いま、どこにいるんだ」

「わかりません」

「探して来い。あの女に責任を取らせなければ気がすまぬ」

政彦は取り巻きに命じた。

潤子の住所はモナリザからわかった。スタッフが調べたところ、いまでもその住居に住んでいるという。

報告を受けた政彦は、もしかすると、あの女が手引きしたのではないかという疑いが意識をかすめた。

照明が戻ったとき、身近にいるはずの彼女の姿が消えていた。場内は混乱していたので、そのときは不審におもわなかったが、いまにして、急所を切られて、床に倒れた政彦を放置して姿を消した潤子が怪しくおもえてきた。

もしかすると、彼女が犯人を手引きしたのではあるまいか。疑惑は速やかに根を下ろし、枝葉を拡げた。そのように考えると、おもい当たる節がある。

ブラックアウトの中でのダンス中、政彦が挑むと、彼女は頑強に抵抗した。売り物、買い物の女にしては頑《かたく》なな抵抗であった。彼女の強い抵抗にあったために、目的を達せぬまま犯人に刺されたのである。もし達していれば、決定的なダメージは受けなかったにちがいない。潤子の抵抗は、犯人と通じていた証拠ではあるまいか。そうにちがいない。

「串本《くしもと》を呼べ」

政彦は取り巻きに命じた。

串本英介《えいすけ》は指定暴力団一誠会《いっせいかい》系組織の幹部である。父親・政方と同郷であり、傷害事件を引き起こした際、政方が事件を揉み消してやったことから、これを恩として、政治家につきものの汚い仕事を一手に代行している。

串本は政彦の〝召し〟に応じて飛んで来た。政彦から潤子との経緯を聞き、彼女を連れて来いと命じられた串本は、

「若、その女の背後にまちがいなくそいつはいますね」

と言った。彼は政彦を若と呼ぶ。

「潤子が野郎を手引きしたにちがいない。とにかく潤子を捕まえて来い」

「潤子を探し出して、どうするつもりですか」

串本は無表情に問うた。そのポーカーフェイスの背後から、男の役に立たなくなった者が女をさらってどうすると、暗黙のうちに問いかけている。

「あんたの若い者の部屋に追い込んで、まわせ。そして麻薬《シャブ》漬《づ》けにしてしまえ」

政彦は言った。

「女はプロですよ。まわしたくらいではびくともしないでしょう」

「だから、シャブ漬けにしろと言っている」

「シャブは組でも禁制です。それより生涯男が抱けない体にしましょう」

串本はうっそりと笑った。

男のバナナ切りに対する女の処刑は、その方面ではまんぺいと呼ばれる。昔、吉原で足抜け（逃亡）を図った遊女に科せられた刑であるらしい。吉原の処刑としては水鏡、籠《かご》責め、絶食、桶伏《おけふ》せ（遊客含む）などが記録に残っているが、まんぺいはない。へいは閉ざす意であるから、女性器を損傷する残酷な処刑とおもわれる。

「任せる」

政彦は言った。

「ただし、女についている男は、ただの鼠ではなさそうです。プロですね。いったん引き受けたからには地の果てまで追いかけてくるでしょう。若にもそれ相応の覚悟をしていただきたい」

串本はそれだけの根性があるかと、政彦の顔色を探った。

「もちろんだ。覚悟がなければ、あんたを呼ばないよ」

「承知しました。このことは大先生には黙っておきましょう」

串本はうなずいた。このこととは、政彦が串本に依頼したことである。

3

棟居は水沢潤子の行方を追った。彼女は「モナリザ」を辞め、住居も移転していた。

移転先は不明である。まだ住民票も移していない。これまで居住していたアパートの管理人にも、移転先を告げていない。

棟居はふとおもいついて、彼女の旧住所の最寄り郵便局に問い合わせてみた。

憲法が保障する通信の秘密の対象は、郵便局を主体とする通信事務を取り扱う役所が保管所持する郵便物、電信書類であるが、適法な手続きによって押収することは許されると解釈されている。

郵便局に届け出た移転先住所は、郵便物自体ではなく、郵便物から派生する情報であろう。むしろ個人情報である。郵便局も警察の捜査に対しては、いちいち憲法を持ち出さない。

潤子が急に移転したのは、身の危険をおぼえたからであろう。本堂政彦がブラックアウトの中、潤子とダンス中、正体不明の襲撃者に襲われ、男性機能を喪失した。襲撃と同時に姿を消した潤子を、政彦が疑うのは必至である。

政彦は潤子と襲撃者が共謀と疑うかもしれない。政彦に脅威をおぼえて、潤子は姿を隠したのであろう。

潤子は都下の外れの町にある小さなアパートに移転していた。郵便局は一般の無関係者には移転先をおしえないので、当面、本堂政彦から姿を隠せるであろう。だが、彼が父親のコネを頼って本気で探せば、移転先を探り出されるかもしれない。

潤子と犯人の間につながりがあれば、犯人の勧めによって移転したのかもしれない。潤子をマークしていれば、犯人が現われる可能性がある。その前に潤子が政彦に捕捉されれば、危険は犯人の身にも及ぶ。

警察がすでに潤子をマークしていることを政彦が知れば、彼女には安易に手をださないであろう。だが、同時に犯人も警戒して、潤子に近づかなくなる。警察の気配を政彦には知らせ、犯人には悟られないようにするのは難しい。

棟居は水沢潤子の移転と、その移転先を牛尾に知らせて、彼に諮《はか》ってみた。

「すでに本堂政彦も犯人も、潤子の移転先を探り出しているかもしれませんね」

「水沢潤子の立場は微妙です。所轄署に連絡しておいた方がよいでしょう」

潤子の移転先を管轄する町田《まちだ》署には旧知の有馬《ありま》刑事がいる。棟居は早速、有馬にこれまでの経緯を告げて、潤子に目を配るように依頼した。

有馬も本堂政彦の事件を知っており、興味を持っていた。

「承知しました。彼女を重点警戒の対象にしておきます」

有馬は快く請け合ってくれた。とはいえ、具体的な脅威もなく、犯罪の容疑者でもない人間を、四六時中監視するわけにはいかない。有馬としても、それは不可能である。

棟居は有馬に連絡したものの、大変な仕事を押しつけてしまったと、少し後悔した。

数日後、串本が政彦の許に報告に来た。

「水沢潤子は移転していましたが、新しい居所がわかりました。都下町田市内の小さなアパートに隠れていますよ。市内のスーパーに仕事を見つけて、働いていますよ」

さすがに表と裏社会に張りめぐらした串本の情報網は凄いと、政彦は内心感心しながらも、

「居所がわかったんなら、すぐに連れて来たらどうだい」

と言った。

「それが、そうもいかない気配でしてね」

串本が語尾を濁した。

「そうもいかない気配とは……」

「警察《マルP》がどうやら彼女に目をつけている様子です」

「マルPが……なぜ警察が目をつけるんだ」

「当然でしょう。彼女は若が襲われたときのダンスパートナーですよ。彼女からも事情を聴いています」

「マルPもやはり潤子が犯人と共謀《グル》と疑っているのか」

「その可能性も考えているでしょう。若が彼女をパートナーに指名したのは咄嗟のお

もいつきです。犯人にはそれを予知できなかったはずです」

「だったらなぜ、マルPが彼女をマークするんだ」

「事件発生後、犯人が彼女を暗闇の中を誘導しているからですよ。つまり、犯人と潤子はグルではないとしても、事前につながりがあった可能性があります。若は、犯人と知り合いの女を偶然パートナーに指名したのかもしれません」

「警察がマークしていてもかまわん。連れて来い」

「そんなことをすれば、大先生に迷惑がかかりますよ」

父親に迷惑がかかると言われて、さすがの政彦も少し怯《ひる》んだ。

「ただし、手はあります」

串本は気を引くように言った。

「二人がグルであれば犯人は潤子に連絡してくるでしょう。犯人が潤子の新住所を知らないとしても、プロですから探り出すでしょう。そしていまの住所にいては危ないから、さらに居を移すようにと勧めるはずです。犯人が潤子をどこかに連れ去れば、警察の監視から外れます。そのときを狙って潤子と犯人を一挙に叩けますよ」

串本はにやりと笑った。裏社会の血煙を浴びて生き残ってきただけに、凄みがある。

「なるほど。そういう手があったか。野郎のバナナを切り落としてやらないことには、腹の虫がおさまらない。しかし気をつけろ。ただの鼠じゃないぞ」

「若、私もただの鼠じゃありませんよ。若もそうおもったからこそ、私に命じたのではありませんか」

「その通りだよ。あんたなら、あいつをやっつけられる」

「そのうち必ず尻尾《しっぽ》を出します。私も野郎に会うのを愉しみにしているんです。若のバナナ切りをしたやつは表彰状ものです」

「口を慎め。女が周りに犇いているのに、ただの一人も食えぬ身にもなってみろ」

「だからこそ、リベンジのし甲斐があるんじゃありませんか。犯人と潤子は尋常《ただ》の仲ではない。若とちがって、ただ一人の女を生涯抱けなくなったとしたら、若よりも辛いかもしれませんぜ」

「ただ一人の女……そんな女がいるのか」

「百人斬り、千人斬りより、ただ一人の女の方が深いこともあります。まあ、若にはわからんでしょうが」

串本は嘲るように笑った。

4

潤子は本堂政彦の事件に巻き込まれたことをきっかけにして、新たな人生のスタートを切ることにした。身体の切り売りをやめて、まともな仕事に就く。収入は減っても、身体は汚れない。身体を汚すと心までが荒廃してくる。

それに本堂政彦が怖かった。潤子のせいではないが、彼女とブラックアウトの中のダンス中、襲われたことを逆恨みするかもしれない。これまでのいいかげんな生き方に区切りをつけるよい機会であった。

幸いに新しい仕事も見つかった。一日で速やかに馴染めるような職場は、今の潤子にとって最も適した環境であった。スーパーには地元の人が集まる。住人の気質、生活レベル、好み、経済力、家族構成や健康状態、職業などまでがわかる。

スーパーの商品は食品を中心に生活用品であるので、客はみな常連である。日常生活を拠点としているので、客と親しみやすい。名前や住所は知らないが、だいたい近くに住んでいることは見当がつく。店外でも知った顔によく出会う。

駅に近い小型スーパーであるので、休日のまとめ買い客は少なく、日単《にったん》(毎日買う)が多い。

客に顔見知りが増えていく中で、潤子の意識の中に次第に比重を増してくる人物がいた。年齢は三十代後半、なにかのスポーツで鍛え上げたような引き締まった身体の持ち主で、頬の削げた鋭角的な風貌がよく陽に灼けている。

週二、三回姿を見せるが、寡黙であり、レジ台に立っている潤子とほとんど言葉を交わさず、商品と釣り銭を受け取ると、にこりと笑いかけて立ち去る。その笑顔が清々《すがすが》しく優しい。

家族はいないようで、いつも一人である。潤子よりも少し遅れて、この地に移って来たらしい。彼女が就職してから一ヵ月ほどして姿を見せるようになった。

潤子がその客を意識するようになったのは、ある日レジ台で交わした短い言葉が、彼女の記憶を刺激したからである。わずかな言葉が、あの事件のとき、暗闇の中を誘導してくれた人の声に似ていたような気がした。

確信はないが、「あなたはここにいてはいけない。こちらに来なさい」と、暗黒の中から潤子にささやいた声が、客のわずかな言葉と重なり合った。

さらに潤子が、その人にもう一度逢いたいと願い、おもい描いた蛍の君のイメージが、その客とぴたりと重なり合っている。

潤子はその客が気になった。彼が姿を見せない日は寂しかった。彼に逢えた日は一日、心が弾んだ。たった数分にすぎないレジ台での出逢いが、潤子の生き甲斐のようになっている。おそらくは相手になんの印象も残していないスーパーのレジ係にすぎないのであろうが、彼女の意識から離れることはない。

自分はどうかしている。スーパーの客の一人にすぎない男を、闇の中を安全圏に誘導してくれたあの人に勝手に重ねている。潤子は自分をたしなめた。

だが、彼は数台レジ台を開放しているときでも、必ず潤子のレジ台を通った。その客は複数のレジ係の中で、少なくとも潤子を意識してくれているのであろう。そのことだけが、その客に対する潤子の心の拠り所といえた。

潤子と客の暗黙の交流はつづいた。交わした言葉は、スーパーのマニュアル通りの言葉である。レジ台にはおおむね客が行列をなしているので、マニュアル以上の言葉を交わす余裕はない。たとえあったとしても、潤子は私的な言葉をかける勇気がない。

潤子が彼を意識するようになってから半月ほど後、客が買い上げた商品の陰に隠すようにして、

「後で」

と短く告げて、小さな紙片を手渡した。潤子は咄嗟に了解した。

言われた通り、後刻、休憩時間にそっとそのメモを開くと、

「あなたは本堂政彦の配下に見張られています。同時に警察もマークしていますので、すぐに手出しをすることはないとおもいますが、一人歩き、特に夜間の一人歩きは控えた方がよいでしょう。自宅は必ずロックしてください。緊急の場合はこのナンバーをコールしなさい」

と書かれて、携帯のナンバーが記入されていた。

（やっぱり、あの人だったわ）

潤子はおもわず、そのメモを抱き締めた。

彼女の勘は誤っていなかった。暗黒の中を誘導してくれたその人が、潤子の身近にいたのである。そして、彼女の身辺に目を配ってくれている。政彦の追手《おって》に見つかった恐怖よりは、彼に再会した喜びの方が大きい。

本堂政彦はヤクザとのつき合いを噂されている。彼の配下というからには、その筋の人間であろう。客が潤子に接近することは、彼自身、危険を招くことにならないのか。潤子はそのことの方が心配になった。

潤子はさんざん迷った末、おもいきって彼がおしえてくれた携帯のナンバーに電話した。非常の事態ではなかったが、ただ無性に彼の声を聞きたかった。懐かしい声は応答した。電話を通して聞くと、紛れもなく暗黒の中を誘導してくれた声であった。職場のレジ台とちがって、携帯で交わす言葉は独占できる。

「なにか変わったことがありましたか」

彼が問いかけた。

「いいえ。特にございません。でも、私に近づくと、あなたに危険が及ぶのではないかと不安になりまして」

「私のことは心配いりませんよ。政彦は卑劣な男です。すべて身から出た錆《さび》を逆恨みして、なにをするかわかりません。くれぐれも注意してくださいね」

「お願いです。せめてお名前だけでもおしえてください」

潤子の懇願に、相手は一拍おいて、

「おくといいます。奥のほそ道の奥です」

と彼は答えた。

「奥さんですね。その節は有り難うございました」

「あなたに改めて感謝されるほどのことはしていませんよ」

「私にとっては大変なことです。もし奥さんに救われなかったら、私、本堂に暗黒の中でレイプされていました」

「本堂はあなたを逆恨みしていますよ。串本というヤクザが動いています。その方面では多少聞こえた男です」

「警察はなぜ私をマークしているのですか」

「警察の真の狙いは、私です」

「奥さんを……」

「政彦を襲撃した犯人を私と睨んでいます。だから、あなたを会場から誘導した私が、いずれあなたに接触するとおもっているのでしょう。その通りになりましたがね」

奥は携帯の奥でかすかに笑ったようである。

「それでは、やはり私に近づくのは危険ではありませんか」

「危険といえば危険ですが、政彦に追われているあなたの危険の方が質《たち》が悪い」

「でも、どうしてご自分の危険を顧みず、私を守ってくださるのですか」

「あなたは忘れているかもしれませんが、私は以前、あなたに逢っています。ほんの数分ですが、森の川の流れのかたわらでご一緒して蛍を見物しました。連れの方があなたを呼んだので、あなたは忽然として闇の奥に消えてしまった。私にはあなたが、蛍の精が化身したようにおもえました」

「やっぱりあのとき、蛍の森で私が連れからはぐれて迷ったとき、言葉を交してくださったのは奥さんでしたのね」

潤子の声は弾んだ。

「おぼえていてくださったのですか。蛍の森の出逢いなど、あなたの記憶に一破片《かけら》も残っていないとおもっていました」

「奥さんに救っていただいたとき、奥さんの声を以前、どこかで聞いたような気がしました。でも、そのときはお声に記憶があるだけで、いつ、どこでその声を聞き、声の主に出逢ったか、おもいだせませんでした。後日、あるきっかけから、奥さんのお声であったとおもいだしたとき、どうしてももう一度お逢いしたいとおもいつづけていたのです」

「あなたが蛍の森をおぼえていてくださるとはおもってもいませんでした」

「蛍が私たちを出逢わせてくれたのかもしれませんね。奥さんは蛍の森の出逢いをおぼえておられて、私を救ってくださったのですか」

「会場であなたに再会したのは偶然です。でも、あなたであることはすぐにわかりました。私にとってあなたは蛍の化身でした。蛍の化身が政彦のような卑劣な男に汚されることは許せなかったのです」

「電話なんかではなく、直接お逢いしたいわ」

「危険です。実はスーパーであなたのレジに近づくことすら危険なのです。私が危険なのではない。あなたを危険に陥れます」

「でも、お逢いしたいわ」

「お店で逢っているじゃありませんか」

「あんなの、逢っているとはいえないわ。お願いです。なんとか機会をつくっていただけませんか」

「いまは危険です。もう少し辛抱してください」

　奥は諭すように言った。

「私、我慢できない」

　それはすでに愛の告白であった。

「長い時間ではありません。それまで辛抱してください」

「本当に長い辛抱ではないのですね」

「お約束します。悪いやつらが羽ばたくのも束の間です。そうすればあなたは自由の身です。悪いやつらに、あなたの自由を制限したり、奪ったりする権利はありません」

奥の力強い言葉は嬉しかったが、使命を遂行するような口調は、潤子の愛の告白に正確に答えたのかどうかわからない。

5

串本がまた政彦の許に報告に来た。

「気にかかるやつがいます」

「潤子に接触したのか」

「接触といえるかどうかわかりませんが、私のアンテナに触れるのです」

「あんたのアンテナならまちがいないだろう」

「敵はプロです。そう簡単には尻尾をつかませませんが、最近、潤子のレジ台の前を通る客が気になりましてね」

「スーパーの客ならレジ台の前を通るだろう」

「レジ台が複数開いていても、必ず潤子のレジ台を通ります」

「なるほど。そいつは怪しいな」

「まだ怪しいとは決めつけられません。若はスーパーで買い物などしたことはないでしょうから知らないでしょうが、レジの子にも贔屓《ファン》がつきましてね、ファンは必ず特定のレジ台を通ります」

「ファンかもしれないというわけだな。潤子は美《い》い女だからなあ」

政彦はおもいだしたような表情をして、

「だったら、ファンがどうして気になるんだ」

と問い直した。

「交わす言葉はレジ係と客の決まり文句ですが、潤子はその客と目で言葉を交わしています」

「目で言葉を交わす……?」

「目は口ほどにものを言い、です。それに……」

「それに……なんだ」

「客の手が商品の死角に隠されています」

「それはどういう意味だい」

「商品の陰でなにか受け渡しをしていたのかもしれません。例えばメモとか手紙とか」

「それはいつもか……」

「たった一度です」

「たった一度では、怪しいとはいえないだろう」

「一度だけですが、商品の陰に隠れた客と潤子の手先の動きが気になります」

「代金の受け渡しをしたんじゃないのか」

「ちがいますね。レジ台の現金受け皿の上に代金は載っていましたよ。そして、それ以後、潤子とその客の距離は一層近くなったように見えます。あれはファンとレジの距離ではない」

「よし。そいつをマークしろ」

「この男ですがね」

串本はにやりと笑って、数枚の写真を政彦の前に差し出した。遠方からの盗撮らしく映像はぼけているが、被写体の特徴はとらえている。三十代後半の鋭角的な風貌の男である。

「こいつに見おぼえはありませんか」

「さあ、おぼえがあるような、ないような、よくわからないな」

「たぶん素顔ではないでしょう。メイキャップか、整形をしているとおもいます」

「そいつの巣は突き止めたのか」

「まだですが、あの界隈にいることは確かです」

「早く巣を突き止めろ」

「野郎はプロです。へたに尾《つ》けると悟られます。すでにわれわれがマークしていることに気づいているかもしれません。こちらから手出しをしなくとも、野郎、女から離れませんよ」

「これからどうする」

「野郎と女の間に連絡《ツナギ》がついていれば、そのうちに必ず接触します。そのときを狙って、二人一緒に網にかけます」

「任せる」

政彦は満足そうにうなずいた。

危険な運命

1

奥佳墨は選択を迫られていた。ついに蛍の精と連絡がついて、愛を打ち明けられた。奥にとって彼女に近づくこと自体が危険であった。

恋は彼の刺客《ボランティア》としての使命にとっては論外である。にもかかわらず、奥は彼女に接近し、自ら火中の栗《くり》を拾おうとしている。奥はそこに運命をおぼえていた。

ホテルの森で出逢ったとき、すでに運命を予感していた。潤子には政彦の手の者が張りついている気配である。それを承知で、奥は潤子に接近した。政彦は奥の正体をベルサイユホテル、およびチューブのパーティーの襲撃者《ボランティア》と察しをつけているであろう。

政彦の手の者は組織暴力団である。それもその辺のチンピラではない。政彦は報復を謀《はか》っている。潤子を餌《えさ》にして、奥を誘い出そうとする作戦である。狙いは奥である。

政彦の父親・本堂政方は、組織暴力団・一誠会の総帥《そうすい》・立林無人《たてばやしむじん》と親交がある。一誠会の幹部・串本は本堂政方の汚い仕事を下請けする傭兵である。政彦の意を受けて動いているのが串本組の配下と知った奥は、意外な再会に驚くと同時に、あえて火中の栗を拾う決意をした。

串本は奥にとって終生許すべからざる讐敵《しゅうてき》である。ここで串本と再会したのも因縁であろう。

串本は奥と同じ中学の出身で、番長グループの一人であった。番長は中学生離れした圧倒的な暴力で全校を支配していたが、番長を陰で操っていたのは串本であった。串本は番長に悪知恵を授け、最も汚い仕事をさせて、甘い汁は自分で吸っていたのである。

番長をおびき出し、長坂を利用して殺害した後、奥は真の敵が串本であることを悟った。

中学三年、秋の日の午後、奥は放課後、音楽室でピアノの練習をしていた担任の女教師・四宮麗子《しのみやれいこ》が、串本にレイプされる場面を目撃した。それは正確にはレイプではなかったかもしれない。

串本は当時、全学年中、常に首席から三位を上下している優等生であり、端整《たんせい》なマスクの美少年として女生徒たちの人気を集めていた。生家は芸妓《げいぎ》の置屋で、ませており、中学生ですでに異性体験が豊富であった。

憧れの女教師・四宮麗子が、生徒たちが去った音楽室で串本にレイプされているのを、たまたま近くを通りかかった奥が、洩れ聞こえていたピアノの音が不自然にピタリと止んだのを怪しんで音楽室に入り目撃した。

奥が必死の覚悟を定めて助けようとした矢先、彼女の口から、「いいわ」という言葉が洩れた。その一言が奥の偶像を破壊した。奥は二人に悟られぬように音楽室から逃げるように立ち去ったが、その日の衝撃は、彼の終生のトラウマとなった。

串本は番長の黒幕であったのみならず、奥の偶像の破壊者であった。その串本が本堂政彦の番犬として、ふたたび奥の前に姿を現わしたのである。

警察もすでに潤子をマークしている。潤子に近づくことは、組織暴力団と警察を相手にすることになる。串本の配下も警察がマークしているので、迂闊には手を出せない。三すくみの状態であった。

危険を覚悟の上であれば、奥の方が動きやすい。政彦がへたに動くと父親に迷惑を及ぼす。奥としては、できれば潤子を安全圏に移したいところである。それにはまた新しい職と住居を探さなければならない。奥が力を貸せばできないことはないが、潤子にとって再移転は負担が大きいであろう。

それに、執拗な政彦は潤子が移転を重ねて姿を隠しても、追いかけて来るにちがいない。政彦の追手を叩き、追跡の意思をあきらめさせない限り、潤子の安全は保障されない。

奥のもう一つの気がかりは、クライアントである。いまのところ、政彦の注意は潤子に向けられているが、奥のクライアントの存在に気がつくかもしれない。

女の天敵である政彦であるから、彼を恨んでいる者はゴマンといる。だが、最近、政彦の毒牙にかかって死に至った者は、クライアントの娘である牧村みずき以外にはいない。逆恨みの鋒先がクライアントに向かないという保証はない。

潤子とクライアントの安全を保障するためにも、政彦の報復の意思を叩き潰さなければならない。そのためには、自分自身が囮《おとり》になって、政彦を誘い出す。考えてみれば、政彦の男性機能を無能力化しただけでは手ぬるかった。

奥自身を餌にすれば、政彦も出て来るであろう。政彦が出て来れば、串本もついて来るにちがいない。奥と〝接触〟しているのは、政彦だけである。串本やその配下は、奥が襲撃者であるかどうか確認できない。串本は中学時代のひ弱な少年であった奥と、今日の奥を結びつけられないであろう。おそらく当時の奥は串本の眼中になかった。

政彦とて、奥の顔を見たわけではないが、声は聞いているかもしれない。政彦が必ず出て来るように仕向ければよい。

奥は政彦と串本をおびき出すために、尾行者に故意に住居をおしえた。奥の住居を知った敵は、必ずなんらかの行動を起こすであろう。

さらに奥は、政彦をおびき出す餌として、政彦に電話をかけた。在宅していた政彦を電話口に呼び出した奥は、

「その後、傷口の具合はどうだ。失せたバナナの痛みを感じるころだとおもってな」

と話しかけた。

「きさま……」

政彦は咄嗟に電話の声を襲撃者と察知したようである。

「気の毒だな。女に囲まれていながら、なにもできない。せいぜい目で見て、手で触り、においだけでも嗅いでいろ」

「きさま、ただですむとおもっているのか」

政彦は電話口で歯ぎしりした。

「もちろん、ただですむとはおもっていないさ。ないバナナで女を犯す夢を見ろ。これから先は長い。あんたの犠牲になった女たちの夢に、一生うなされて暮らせ」

政彦がなにか言い返しかけたが、奥は一方的に電話を切った。政彦が激怒している様子が見て取れるようである。

彼は手先が突き止めた奥の住居に自ら押しかけて来るにちがいない。我を忘れた政彦を待ち伏せして返り討ちにする。奥の頭の中にその作戦が、愉しい計画のように描

かれていた。愉しいが命懸けでもある。だが、刺客《ボランティア》は常に命を懸けた橋を渡っている。

2

一方、奥の電話を受けた政彦は、逆上した。着信記録を調べると、公衆電話からである。政彦は直ちに串本を呼んだ。

「潤子の身辺にちょろちょろ現われている野郎をとっ捕まえろ。野郎、とうとうおれに挑戦してきやがった。これ以上、野放しにしておくわけにはいかない」

「若。まだそいつが犯人と確認されたわけではありません。あくまでも疑わしい段階です」

「野郎に決まっている。だから、電話をかけてきたんだ。疑わしいだけで充分だ。とっ捕まえて絞り上げれば吐く」

「先方から若に電話をかけてきたのは、罠《わな》かもしれません」

「罠だったら破れ。その方面では聞こえた串本ともあろう者が、なにをビビッている。あんたが行かなくても、おれは行くぞ」

激昂《げきこう》した政彦は息巻いた。

「そんなことをすれば、飛んで火に入る夏の虫です。ここはお任せください」

「任せていたから、こうなったんだろう。これ以上、尻尾を巻いてうずくまっていろというのか。野郎の巣はわかっている。あんたのところの腕利きを二、三人送り込めば、決着《かた》がつくことだ」

「敵は若がそう出ることを見越して、挑発しているのです。乗ってはいけない」

「疑わしい野郎が浮かんだから、お縄にしてくれと警察に頼むつもりかよ」

政彦は皮肉っぽい口調で言った。

「そのときがくれば、警察にまわします。まだそのときではありません」

「だから、おれたちがとっ捕まえて警察に突き出せばいいだろう。いいか、先に泥を投げつけられて、黙っていられるか。ぐだぐだ言っている前に動け」

政彦はテーブルをドンと叩いて立ち上がった。相手は一人だ。串本はそのさまを見て、抑えきれないとあきらめたようである。彼が抑えても政彦は動く。政彦を一人で出すわけにはいかない。

3

奥は、都下の神奈川県との境に接しているある市内のアパートに、仮住まいしていた。潤子の移転先を確かめてから、彼女を守るために設定した橋頭堡《きょうとうほ》である。政彦をおびき出す罠としての位置や構造を計算して定めた拠点である。警察に踏み込まれた場合も想定してある。

政彦は必ず出て来る。政彦が出れば、串本自身がエスコートして来る。政彦の性格からして、彼の今後の動きが奥にはわかっていた。

だが、串本は一筋縄ではいかない。当然、串本は奥が仕掛けた罠を警戒している。政彦だけであれば、赤子の手をひねるようなものであるが、串本がついていると油断できない。

奥は串本の動きをシミュレーション予想して、罠の構造を多重にした。


「来た」

深夜、奥の触覚《アンテナ》に触れたものがあった。眠っていても、意識の一隅が常に覚めている。敵の兵力は七人ないし八人、さらに外側に数人の第二波が潜んでいるかもしれない。その中に政彦と串本も含まれている。奥一人に対して大げさな動員である。それだけ奥を警戒しているのであろう。

彼らが仕掛けて来る時間帯も、奥の予想にぴたり的中している。昼間、閑な時間帯に睡眠を取り、夜間の触覚《アンテナ》が鋭敏になるように努めている。

政彦と串本の一団は、奥の拠点に近づいている。拠点の外から様子をうかがっているらしい。彼らも罠を警戒している。罠を張るにせよ、アパートの一室、たかが知れているとおもっているようである。

奥の拠点はアパートの一階、前面は廊下、裏は隣接するレンタルマンションとの境界に設けられた路地である。彼らは廊下側と、裏の路地二手に分かれ、奥を挟み撃ちにする作戦らしい。そして、それはまさに奥が予想した通りの作戦である。それを踏まえた罠の構造であった。

「鼠がすでに帰っていることは確かめてあります。アパートの玄関出入口、部屋のドアが面する廊下、裏口も固め、袋の鼠です。どんな罠を張っていようと、狭い借間、たかが知れています。私のゴーサインで表裏から同時に攻め込み、三十秒で決着《カタ》がつきます。若は高みの見物をしていてください」

と串本は自信たっぷりな口調で、同行して来た政彦に言った。

事前に罠に対して強い警戒を示していた串本は、見るからに古ぼけたおんぼろアパートの現場を偵察して、自信を持ったらしい。

巣に帰った鼠の逃げ場はない。窮鼠猫を嚙むというが、我が方の兵力は鼠に対する猫ごときではない。串本以下、いずれも業界の血煙を浴びて生きてきた百戦錬磨の猛者《もさ》ばかりである。

政彦が言ったように、彼らの二、三人をさし向ければ片がつく鼠一匹に、串本以下七人（政彦を入れると八人）が出て来た。配下の配置も表に三人、裏手に二人、玄関前に一人を見張りとして待機させた。呼吸を合わせて一気になだれ込めば、ちゃちな罠など簡単に破れる。罠を破る前に、鼠一匹袋叩きにしているであろう。

いまどき珍しいＷＣ共用の単室構成の古アパートであるが、家賃が安いので、ほぼ全室入居している。

午前二時を過ぎると、生活パターンの異なる住人たちもおおかた帰宅して、寝静まっている。まだ帰宅していない者は夜勤であろう。ペットは飼えない規約になっている。そんな規約がなくとも、住人たちにペットを飼う余裕はない。

タイミングを計っていた串本が、頃合いよしと見て、

「よし、行け」

と配下にゴーサインを下した。

獲物を前に、はやりにはやっていた配下は、綱《リード》から放された猟犬のように表裏から同時に室内に踏み込んだ。喚声はあげない。薄いドアや窓は彼らにとって、あってなきに等しい。

室内は六畳の和室プラス一・五畳の流しプラス押入れの構成である。室内の電灯は消えているが、窓越しに外の明かりが室内の様子をぼんやりと浮かび上がらせている。

六畳の中央に寝床が敷かれ、中央が人の形に盛り上がっている。そこを目がけて、五匹の猟犬が殺到した。串本は廊下に立って指揮と見張りを兼ねている。

「やや、蛻《もぬけ》の殻《から》だ」

「押入れを探せ」

なだれ込んだ猟犬は、蒲団《ふとん》の中身が丸めた座布団であることに気がついた。押入れの中にもなにも潜んでいなかった。

「野郎、逃《フ》ケやがった」

ようやく室内が無人であることに気がついたとき、頭上からふんわりと透明な網が落ちてきた。網と見えたのはレースのカーテンである。天井に張りめぐらしたカーテンを、リモートコントロールで一斉に落ちてくるように仕掛けておいたらしい。同時に室内の電灯が灯った。

愕然《がくぜん》とした猟犬たちは、カーテンをはねのけようとしたが、それは粘着力のある蜘《く》蛛《も》の巣のように、彼らの身体にまつわりつき、行動の自由を奪った。そこを目がけて窓の外から発射音もなく、弾丸が正確無比の照準で撃ち込まれてきた。百発百中、各的《ターゲット》に命中したカプセル状の弾丸は、的の体内に入ると溶解した。それは猛獣の捕獲に用いる麻酔弾であった。

身体にチクリと軽い痛みをおぼえた各ターゲットは、速やかにその場に崩れ落ちると昏睡《こんすい》した。廊下の外から固唾を呑《の》んで形勢を見守っていた政彦は、室内に攻撃部隊がなだれ込んで一、二分のうちに気配が絶えたので、串本の予言通り、一分で決着がついたとおもった。

それにしても、さすがは歴戦の猛者だけあって仕事が速い。アパートの住人たちは白川夜船で、まだ騒動に気がつかないようである。

少し離れた方角から、テレビらしい音声が聞こえた。この深夜、かなり大きなボリュームでテレビをつけた者がいるようである。

「終わったか」

串本が室内に声をかけた。だが、応答がない。一度ついたように見えた電灯が、また消えている。襲撃隊が蹴破《けやぶ》ったドアを開いて室内に入ろうとした政彦を、串本が引き止めて、

「中の様子がおかしい。電気がついたり消えたりしています。若はアパートの外に出て、見張りと一緒に待っていてください」

と指示した。

政彦を外に追い出した串本は、万一の用心のために持って来た密輸入の拳銃《けんじゅう》を構えて、壊れたドアを開いた。薄暗い内部には動く者の気配がない。窓越しの光が室内をほの暗く染めている。

狭い床面積を埋めている者が、殴り込みをかけた配下の五人であることを知った串本は、一瞬、啞然《あぜん》となった。彼らになにが起きたのかわからないが、歴戦の兵《つわもの》が、銃声も聞こえず、逃走の気配もなく、床に這っていることが信じられない。

しかも、室内には彼らを倒した敵らしき姿が見えない。テレビの音声はすでに消えていた。

串本は束の間、ドア口に立ち尽くしたが、本能的に室内に危険が充満していることを察知した。

串本はアパートから出ると、玄関前に待機していた配下に、

「裏手の路地を調べろ」

と命じた。

串本は部屋を覗き込むのとほとんど同時に、裏手の方角から聞こえていたテレビの音声が消えたことをおもいだした。周囲が寝静まった深夜、突然、降って湧いたようなテレビの音声は、銃声を消すためであったかもしれない。

裏手の窓は隣りのマンションとの間の路地に面し、裏手からの攻撃に破られている。裏手に隣接するマンションの向かい合う一室から、現場は恰好の狙撃の的であることに気がついた。

串本は無言で、そのマンションの部屋の窓を指さした。窓の内部の明かりは消え、

気配は感じられない。串本は拳銃を構えて、マンションの壁に張りついた。配下はマンションの入り口に向かった。

マンションとはいえ、アパートに毛が生えたような賃貸であり、共通の玄関口からの出入りは自由である。管理人はいないようであった。

現場に向かい合う部屋のドアは容易に見当がついた。ドアの数から推測して、一階の部屋数四、四階建てで、十六部屋の小型マンションである。エレベーターはない。

残った配下は見当をつけたドアを押した。意外なことに抵抗なく開いた。すでに第一次攻撃グループは罠にかかっている。配下はドア口から室内の気配を探った。

室内灯は消えていて、窓から忍び込む薄明かりがほのかに室内を照らしている。視野の中には人影はない。気配もない。第一次攻撃隊五人の身になにか異変が生じたのは明らかである。一瞬の間に五人の気配を奪った敵の手並みは尋常ではない。

配下はドア口に立ちすくんだまま、中に踏み込めない。リーダーの串本が率先して室内に飛び込もうとしないことも、配下の怖《お》じけをうながしている。

一方、政彦はアパートの前で独り待っていた。敵の巣に殴り込みをかけた五人の気配が消えて、串本は見張りに残していた一人の配下を引き連れて、隣りのマンションを探っているようである。

どうやら第一次の殴り込みは失敗した様子であった。歴戦の串本も撃退されたとなると、ますますもって容易ならない相手である。串本の手の者を一人か二人さし向ければ決着がつく、とおもっていたが、とんでもない誤算であったかもしれない。

串本は当初から罠を予想していた。罠に対する手は打ってあるかもしれないと、政彦がおもい直したとき、突然、耳許で、

「死にたくなかったら声を出すな」

とささやきかけられると同時に、背中に銃口のようなものを押し当てられた。政彦はその声に記憶があった。いつの間に忍び寄ったのか、気配もおぼえなかった。駐車場とディスコパーティーでの恐怖体験がよみがえり、全身が硬直した。

「歩け」

と言われても、足がすくんでおもうように歩けない。背後から銃口で小突かれ、追い立てられた先に一台の車が駐まっていた。

車内に蹴込むようにして政彦を押し込んだ男は、慣れた手つきでガムテープで政彦の口に猿轡《さるぐつわ》をかませ、手足を拘束した。間を置かず、車は発進した。その間、一拍の無駄《むだ》もない。

政彦は当初、犯人は二人いるとおもったが、すべて一人で政彦の拉致《らち》、身体拘束、車の運転をやってのけている。串本は蜆の殻の巣に張りついていて、まだ政彦が拉致

されたことを知らないであろう。水際立った手並みであった。

男は運転しながら携帯で、

「こちらは町田市〇〇町二丁目××番地、百日荘というアパートの住人ですが、押し込み集団に襲われました。自衛のために抵抗して五人を拘束し、首謀者を捕らえて、ただいま警察に連行中ですが、まだ二人が近くを徘徊しています」

と通報して、一方的に電話を切った。

捕らえて連行中の押し込み集団の首謀者とは自分のことであると察知した政彦は、全身の血が凍った。警察に突き出されたら、言い逃れはきかない。父親の政方にも多大の迷惑を及ぼす。単なる迷惑ではなく、息子の秘書が押し込み集団を指揮して、深夜、他人の家に押し入ったということになれば、父の政治生命にも影響するであろう。

声をあげ、はね起きようとしたが、猿轡をかまされ、身体の自由を拘束されているので身動きならない。

4

一一〇番経由の通報を受けた所轄署から臨場したパトカーは、現場のアパートの室内に昏睡している五人の男たちを発見して、本庁に報告した。通報はいたずらではなかった。

残りの二名はすでに逃走したらしく、現場の近くを徘徊している胡乱《うろん》な者は見当たらない。

現場のアパートと隣り合ったレンタルマンションの向かいの部屋が荒らされていたところから、現場付近の聞き込み中、ほぼ同時期に別の名義人が入居していた事実がわかった。警察はこの一室の入居者がアパートの入居者と同一人物と見た。

アパートの囮部屋に五人を誘い込み、向かい合ったマンションの一室から麻酔弾で狙撃したのであろうと推測した。狙撃の腕も確かであるが、仕掛けた罠の構造も巧妙である。

所轄署の連絡を受けた本庁からも、続々と臨場して来た。

深夜の街を、車はなんの障害もなく走って、警察署らしい建物の前に駐まった。政彦を蹴り落とした車は、ふたたび発進した。不審を抱いた立哨《りっしょう》の警察官が駆け寄ったときには、車のテールライトは闇の奥に消えていた。

ほぼ前後して、一一〇番にプリペイドの携帯電話から匿名の電話があり、町田署の前にガムテープで口をふさがれ、手足を拘束された男が、通報通りに置き去りにされた。

当初、置き去りにされた男は、取り調べに対して黙秘を通していたが、所持品を調べられて、身許が判明した。

警察は緊張した。市内アパートに何者かが集団で押し込んだだけでも大事件であるのに、その首謀者が大物政治家の私設秘書である息子であった。しかも、被害者が自衛のために抵抗して、五人を返り討ちにした。被害者も尋常の人間ではない。

被害者の素性は不明である。家主の話によると、二ヵ月ほど前に入居したという。規定の保証金や家賃を払い、職業はフリーのカメラマン、蛍田と名乗り、態度も折目正しく、好感を持てたので入居させたと語った。

押し込んだ五人は最寄りの病院に運んで手当てを加え、間もなく覚醒した。医者は、睡眠剤を打たれたらしく、放っておいても薬効が切れれば覚醒すると言った。覚醒後はなんの障害も残らない。

彼らはいずれも組織暴力団の構成員であり、命令されたままに行動しただけで、事情はなにも知らなかった。

当初、警察は暴力団の抗争を疑ったが、現在、その方面には集団で殴り込みをかけるような目立った抗争はない。

現場で逮捕、あるいは〝保護〟された五人グループは、指定広域暴力団・一誠会系串本組に所属していた。組長・串本英介に捜査の触手が伸びたが、

「以前、彼らは我が社の社員（組員）であったが、不始末があって除名している。彼らがなにをしようと、当方は関知しない」

と事件への関与を否認した。

本堂政彦が彼らの首謀者と通報されたが、彼の父親・政方は、一誠会の総帥・立林無人と昵懇《じっこん》であったので、警察はこの事件の黒幕は本堂政方ではないかと疑った。

警察から事情を聴かれた本堂政方にとって、青天の霹靂《へきれき》のような事件であった。政方にとっては寝耳に水であったが、息子の不行跡については、かねてより手を焼いていることでもある。身柄を警察に押さえられているので申し開きができない。警察の峻烈な取り調べに対して、政彦自身は、

「突然拉致されて車に押し込まれ、身体の自由を拘束されて、警察署の前に置き去りにされた。自分でもなにがなんだかわからない」

と言い逃れようとしたが、拉致された現場はどこかと問いつめられて、明確に答えられなかった。

警察は串本が政彦の許に出入りしている事実を知っている。首謀者が政彦であるという通報は嘘ではないという心証を持っていた。

ともあれ政方は、その方面の人脈を駆使して、なんとか政彦の身柄を警察から解き放してもらった。政彦が父親から厳しい叱責を受けたことはいうまでもない。

本堂政方は八方手をまわして、事件がマスコミに洩れるのを防いだかに見えたが、政彦を首謀者とする暴力団員の集団押し込み事件は、警察署前に置き去りにされた政彦の写真と共に、インターネットに流されてしまった。

マスコミがたちまち蝟集《いしゅう》して来た。波紋は拡大した。本堂政方と一誠会との深い関係までが関連情報としてマスコミにほじくりだされた。そのために政方は、党の要職以下、すべての名誉職を辞任した。政権党内第三位の派閥の領袖からも退き、本堂派は事実上、解体した。

政彦は男の機能を喪失しただけではなく、これまでしたい放題のことができた親の七光までも失ってしまったのである。

同時に、一誠会総帥の最有力後継候補者であった串本は、その威勢を一挙に失った。完敗であった。

もはや政彦には、潤子や襲撃者に対して報復する力はない。報復どころか、自力で生きていく力すら失われている。

警察は政方・政彦父子、および串本や、その親組織・一誠会に対する疑惑を解いていない。彼らは今後、社会生活すべてにおいて自粛し、世間を憚《はばか》って生きなければならない。常に警察の目が光っていると考えなければならない。目立つことは一切できない。

5

町田市内の事件は棟居の耳に聞こえていた。報道《ニュース》で知る前に、すでに町田署の有馬から連絡があった。事件現場は水沢潤子の居所の近くである。

町田署では棟居から依頼されて、潤子の身辺は重点警戒していたが、政彦や串本をマークしていたわけではない。その間隙を衝かれた形であり、有馬は面目なさそうであった。だが、それは有馬の責任ではない。

「多数の殴り込みを、たぶんたった一人で返り討ちにした手並みは、尋常の鼠ではありません。棟居《ムネ》さんが睨んだ通り、政彦の狙撃者にまずまちがいないでしょう。しかも一人も殺傷せず、麻酔弾から醒《さ》めた後はなんの障害も残らず、傷口すら見えないほどです。それでいながら、その破壊力は凄《すさ》まじいものがありました。闇将軍と謳われた本堂政方は、その権勢をほとんど失い、もはや政治の表舞台に戻ることはないでしょう。一誠会の後継第一位の串本が失速して、一誠会そのものが揺らいでいます」

と有馬は報告した。

有馬の報告を受けた棟居は、この殴り込みを返り討ちにした通報者が、単発の行動ではなく、これまでに発生した一連の膺懲《ようちょう》行為の実行者《ボランティア》であると察しをつけた。

彼こそが、犯罪や不正行為の明らかな犯人でありながら、動かぬ証拠がなく、あるいは権力に庇護《ひご》されて笑っている悪どもを懲らしめている悪の刺客《ボランティア》と呼ばれている者にちがいない。

だが、さすがの刺客《ボランティア》も、この度は重大な手がかりを残した。それは水沢潤子の存在である。彼が政彦に止めを刺すつもりであれば、なにも潤子の近辺に罠を仕掛ける必要はなかった。むしろ、潤子とは関わりのない場所に罠を張って、待ち伏せるべきであった。

罠の場所が、図らずもボランティアと潤子とのつながりを示してしまった。事件発生後、スーパーでの潤子のファン客の一人が姿を消していることも、彼と事件の関連性を暗に物語っている。今後、根気よく潤子を見張っていれば、必ずボランティアと接触するにちがいない、と棟居は睨んだ。

政彦と串本を完全に打ちのめした奥は、まずは潤子や、牧村みずきの遺族の脅威は取り除いたと判断した。もはや彼らには報復する力も、意思も残っていないであろう。

とりあえず直面している危険を取り除いて、さすがの奥もほっとした。警察の存在を忘れたわけではないが、重点警戒は隙間だらけである。心にかけていた潤子と逢う絶好のチャンスが到来したとおもった。

逢うならば、事件の余波が鎮まらないうちがいい。警察は捜査に集中していて、潤子に注目している余裕がないであろう。

奥から連絡を受けた潤子の声は喜びに弾んでいた。潤子もすでに報道で事件は知っているようである。口には出さなかったが、政彦を警察署の前に置き去りにした正体不明の集団押し込みの被害者と称する人物が、奥であると察しをつけているらしい。

奥は生命の危険を冒して、政彦と、彼がさし向けた追手を叩き潰してくれた。いくら感謝してもしきれないというおもいが、受話器から溢れていた。

奥は新宿のホテルの高層階にあるラウンジを指定した。展望が素晴らしく、客が少なく静かである。尾行や監視が張りついていれば、察知しやすい。出入口も複数ある。

潤子には、そのラウンジで落ち合う前にデパートに入り、エレベーターを何回か上下した後、別の出入口から出て、ホテルに向かうようにと指示した。奥も車を何度か乗り換えた後、電車に乗って指定場所に来た。これで尾行があったとしても、完全に振り切ったはずである。

潤子は指定の場所に、指定時間よりも早く来て待っていた。

「この度は本当に有り難うございました」

潤子は改まった口調で礼を述べた。

「そんな、改めてお礼を言われるようなことはしていません」

奥がさりげなく躱《かわ》すと、

「わかっています。あなたが私のためにしてくださったと。おかげで、私は頭の上を被っていた黒い雲が晴れたような気がします」

「まだ完全に危険が去ったわけではありません。油断をしてはいけませんよ」

奥は諭すように言った。

「私に逢ってくださったのが、危険が去った証拠でしょう。本当にお逢いできて嬉しいです」

潤子は燃えるような目で奥を見つめて、

「私、蛍の森で奥さんに出逢ったときから、運命をおぼえていました」

と言った。

（私もです）

と答えようとした言葉を、奥は喉元にこらえた。

蛍に媒介されて、二人が同時におぼえた運命は、危険なにおいを発散している。奥の自衛本能が危険信号を発しているが、その信号も運命に含まれている。

「私が指定した場所ですが、ここは危険な気配をおぼえます。場所を変えましょう。エレベーターに乗って、何度か上下してください。そして、地下二階の駐車場に降りてください。そこでお待ちしています」

奥は特に危険な気配や視線をおぼえたわけではなかったが、一瞬、危険な運命から逃れたいとおもった。潤子とこんな形で逢ったが、彼女をまいて駐車場に置き去りにすれば、危険な運命から逃れられる。だが、席を立つと速やかに奥の気が変わった。ホテルの駐車場には、あらかじめ奥のマイカーを預けてある。間もなく二人は同じ車に乗って、ホテルを出た。一人ずつ、別方向に立ち去る予定であったのが、同じ車で同一方向に向かっている。潤子は従順に従いて来ている。奥は、もはやこの運命から逃れられないことを悟った。

二時間ほど後、二人は海を見下ろす伊豆半島の丘陵の上にあるホテルの食堂で向かい合っていた。二人以外に客の姿はない。

「疲れたでしょう」

奥は潤子をねぎらった。

「いいえ。愉しくて、愉しくて、疲れている閑《ひま》なんかありませんわ」

潤子は笑った。

「すみません。こんな遠方にまで連れ出してしまって」

「とんでもない。私、伊豆は初めてです。こんな素晴らしいところに連れて来ていただいて、とても嬉しいです」

潤子は率直に喜びを表わした。

「実は、私はあなたから逃げようとして、ここに来たのですよ」

奥は正直に打ち明けた。

「私から逃げる？　どうしてですか」

潤子の表情に不審の色が塗られた。

「でも、もう逃げません。あなたをここにお連れしたのが、逃げない証拠です」

「よかった。私から逃げるなんて、決しておっしゃらないで」

「決して言いません」

奥は自分自身に誓った。運命から逃げるということは、自分の人生を否定することである。たとえそれがどんなに危険な運命であっても、向かい合わなければならない。奥は刺客《ボランティア》を自分の使命として選んだときから、危険は覚悟の上のはずであった。いまさら潤子を避けても、奥が選んだ人生の危険性に変わりはない。

現在の妻とは、出逢ったときに、特に運命は感じなかった。彼女とはたがいの生活に一切干渉せず、同居もせず、都合のよいときだけに会う自由結婚《フリーマリッジ》と呼ばれる契約結婚である。異性が身辺にいると、セックスだけに限らず、なにかと都合がよい。

だが、潤子との出逢いは最初からちがっていた。そこに奥は使命《ボランティア》とは異なる危険性をおぼえたのである。

事件発生後、水沢潤子は警察の監視下に置かれた。

三日後、彼女は市内に借りているアパートを出て、職場に向かわず、私鉄で都心へ向かった。職場は休暇を取ったらしい。

新宿のデパートに入った潤子は、エレベーターを何度も上下して尾行をまいてしまった。デパートには出入口が多数あり、そのすべてに見張りをつけるわけにはいかない。だが、そのことによって、潤子の行き先が尾行されては都合の悪い場所であることがわかった。

彼女は人目を憚る相手に逢いに行った。つまり、殴り込みを返り討ちにした人物である。

棟居は失尾（尾行に失敗）の報告を受けて、潤子が逢いに行った相手がボランティアであると確信した。

彼らは並みの関係ではない。潤子がいまの住所と職場に移動したのは、ボランティアの指示ではあるまい。もし彼の指示であれば、行き先を知られるような移動をするはずがないからである。

潤子の移動後、ボランティアは彼女の行き先を独自に探り出し、その身辺を護衛した。つまり、それまでは二人の間には連絡はなかったということになる。二人の関係は彼女の移動後、一挙に発展したと見るべきであろう。

潤子の安全を一応確保したボランティアが、今後どう出るか。本堂政彦には再度報復を図る力は残されていないであろう。だが、串本は一誠会内の力を失ったものの、依然として串本組の組長であり、一誠会から独立しても、一方の勢力になる。

串本は暴力団に入らなければ、ビジネスで成功したであろう。頭が切れ、辣腕で、執念深い。彼が本堂政方の私兵になったのも、本堂の政治力を利用して、一誠会の覇権を握ろうとしたからである。

ボランティアは今後もその活動を止めないであろう。ボランティアは社会の害虫を駆除しているつもりであろうが、正義の基準を自らにおいての私刑の執行は、法に対する挑戦である。棟居はボランティアに対してますます闘志を燃やした。

死に神の膺懲

1

奥と潤子はそのホテルで一夜を共にした。すでに二人は離れられなくなっていた。だが、潤子が奥と一緒にいることは、彼女を永遠の危険に引きずり込むことになる。奥がボランティアをやめても、その危険が消えるわけではない。そして、奥にはボランティアをやめる意志はない。

だが、ふと白雲の行方を追うように、潤子と共に、だれも二人を知る者のいない遠い小さな町へ行って、穏やかに過ごす人生をおもうことがあった。それが潤子が身辺に漂わせている新たな危険性である。

「お願い。また逢ってくださると約束して」

別れ際に、潤子は何度も念を押した。もちろん奥も逢うつもりである。だが、ボランティアをつづけている限り、確約はできない。串本に対する復讐《ふくしゅう》も、まだ果たしたとはいえない。

潤子と別れて帰って来ると、岡野が来た。

「また新しい出番ですよ」

岡野は奥の顔を見るなり言った。岡野が大きな獲物のにおいを嗅ぎつけた猟犬のような顔をしている。

「今度の的《ターゲット》は死に神です」

奥の興味を充分に惹きつけて、岡野は言った。

「死に神？」

「その方面ではリピーターとも呼ばれています。医療ミスの常習犯です」

「医者ですか」

「マスコミを利用して、表看板は名医になっていますがね、中身は死に神です。その中でも、このターゲットは特に悪質な中岡春信《なかおかはるのぶ》という乳腺《にゅうせん》外科医です。乳がん予防キャンペーンをテレビで打ち出し、乳がんの名医となっていますが、ベルトコンベア式の診療を行ない、下手な手術によって後遺症に苦しむ患者を量産しました。患者から訴えられましたが、もともと医療ミスに関する争いは対等ではありません。医療の専門家の医者と、医学にまったく素人の患者の間のトラブルですから、医者は圧倒的優位に立っています。

しかも、中岡は名医の看板を最大限に利用して、医療ミスを何度も繰り返《リピート》しながら、医療側に責任を問う相応の理由はなしとされて、なんら刑事罰もペナルティも受けることなく野放しになっていました。中岡は現在、東京S区内にある恵信《けいしん》病院の院長におさまっています。この恵信病院は計算病院とか、不信病院と陰で言われている病院で、医療過誤のリピーターの巣でもあります。

それだけではなく、臓器売買の世界最大の市場《マーケット》とされている中国の臓器売買シンジケートと提携して、金満《リッチ》患者に臓器移植手術の斡旋をしているということです」

「そんな死に神医者が、どうしてなんのペナルティも受けず羽ばたいていられるのですか」

「彼の斡旋で移植手術を受け、生命を救われたリッチな患者の庇護を受けているからです。金持ちは政治家の資金源として、権力と癒着しています。権力者にも患者がいます。つまり、中岡にはニーズがあるのですよ」

「悪のニーズですか」

奥は、自分も悪のニーズの一種にはちがいないとおもった。

「そうです。権力は法そのものです。法のニーズの庇護を受けて、死に神医者が甘い汁を吸いながらのうのうと生きています。ここに中岡に関する資料を一通り揃《そろ》えてあります」

岡野は手回しよく、ワンセットの資料を差し出した。資料に集められた中岡の医療ミスや、乱療は想像を超えるものであった。

中岡は産婦人科医の妻や、経験の浅い勤務医師に指示して、健康な臓器を摘出する手術を実施させたり、手術中誤って他の臓器を損傷したりして、半年間に八人もの死亡患者を出している。

クライアントは集中治療室から手術室への往復を五回も繰り返され、ついに死亡したという女性の夫である。彼女は最後の手術を受けた後、死期を悟って、夫以下、家族を病室に呼び集め、

「私は下手な手術で殺される。死んだら調べて」

と書いたメモを示した。

だが、中岡以下、副院長や担当医師は医療ミスを頑として認めず、不可抗力によるものであると言い張った。家族は中岡と病院相手に損害賠償を求めて訴えたが、患者は裁判中に死亡した。被告側の不可抗力による死亡という主張が通り、医師の責任は問えないと判断された。

結局、中岡夫婦、および恵信病院はおかまいなしとされた。

これに増長して、同医師夫婦、および病院は医療ミスをリピートしている。医療ミス隠しは巧妙になり、医療に素人の患者（被害者）は泣き寝入りをしている。

岡野の資料を改めて詳細に点検していた奥は、そのうちの一ページに目を固定した。本堂政方の氏名がリストの中に記載されている。それは恵信病院が仲介した、中国で臓器移植手術を受けた患者のリストである。同姓同名でなければ、あの本堂政方である。

奥は、さらに別の資料で、政治家・本堂政方が渡航移植を支援している団体の理事に名を連ねていることを発見した。その団体の所在地は本堂の選挙区である。同姓同名の別人ではなかった。

本堂は二年前の夏、恵信病院の仲介によって、中国・西安《せいあん》の病院で腎臓移植手術を受けていた。中岡と本堂はつながっている。

移植を待つ患者に対して臓器の供給は絶対的に少ない。ネットワークに登録して、宝くじ並みの確率に当たったとしても、死後の臓器に限られる。患者《レシピエント》にしてみれば、新鮮で、できれば生体の臓器を欲しがる。

臓器が金を積めば手に入るとなれば、金持ちは金に糸目をつけない。金で生命を買えるとなれば、買い手にとっては自分の生命の値段ということになる。

それが中国では死刑囚の臓器を摘出して用いられるそうで、供給が豊かである。手術費も比較的安い。日本で臓器移植を待っていても埒《らち》があかないので、金がある患者は海外に〝流出〟して移植を受けているという。

政方が意外にあっさりと党の要職を退いたのは、息子の不祥事によるものだけではなく、自分の健康に自信がもてなくなったからであろう。

資料には、さらに驚くべきコネクションが報告されていた。

臓器の仲介が金になると見た暴力団が、これを新たな資金源《シノギ》として目をつけた。麻薬・銃器の密輸入、売春、博奕《ばくち》など、暴力団の主要な資金源がすべて禁物《はっと》になってから、臓器売買の斡旋が金になることを知って乗り出してきたのである。

彼らは海外マフィアとタイアップして、グローバルに金持ち患者に斡旋を始めた。それも臓器だけではなく、国内では移植手術が難しいため、海外のアングラ移植専門医とセットにして斡旋を始めたという。

医療技術の進歩により、臓器移植により生命を救い、あるいは延命が可能になれば、医療として妥当性を持つ。臓器を物体と見ることに倫理的な抵抗があったとしても、救命を第一義とする医療観の前には色褪《あ》せる。

ニーズがあれば、人間の身体の部分であっても商品価値が生ずる。欲しがる者がいて、金に困った売り手がいれば、売買が成立するのは必至である。

人体は資源化され、市場において商品化される。臓器売買以前に、すでに性（売春）が合法化されていた（江戸期の吉原、アムステルダムの飾り窓等）。

資料は、一誠会系串本組が臓器の商品化に着目して、グローバルに、特に中国の仲介業者と提携して、斡旋していると報告している。

ここに新たなターゲットは、本堂や串本と連環を形成してきた。

中岡夫婦は権勢、金満患者の庇護を受けて医療ミスを重ねながら、一方では臓器売買斡旋を通して肥え太っている。

奥は岡野がくわえてきた依頼を引き受けることにした。

中岡が権力によって庇護されているのであれば、権力の及ばぬアンダーグラウンドから膺懲《ようちょう》するほかはない。

資料を読んだ奥は、中岡夫婦を殺害する必要はなく、二度と医療に携われないように無能力にするだけで充分と考えた。それでも反省しないようであれば、それから先の手を考えてもよい。

2

岡野に承諾の返事をした奥は、中岡夫婦の身辺を調べはじめた。そして、中岡がボディガードを雇っていることを知った。

患者の報復を恐れた中岡は、外出時はもちろん、院内や家の中にいるときですらボディガードを侍らせている。それだけ患者の恨みを買っていることは知っているわけである。

奥は中岡の生活を監視した。最近は医療はもっぱら妻や勤務医に任せて、彼は病院の経営に専念しているようである。その分、医療ミスが減るのはよいが、病院の姿勢そのものが、患者を人間として見ていない。計算病院の渾名《あだな》の通り、リッチな患者に厚く、プアーな患者には冷たい。

それでも患者が集まって来るのは、豊かな資金に任せて最先端の医療設備を集めているからである。患者は医者よりも医療機器の方を信用している。世襲の開業医と異なり、病院に対する患者の姿勢は、人間より機械志向である。

中岡以下、恵信病院は、まさにこの患者の心理を利用して、患者を人間ではなく、金と見ている。

病人を患者とは呼ばない。患客と呼ぶ。そして特診（VIP患客）に対しては、至れり尽くせりの治療を施す。一流病院、著名な名医とタイアップしていて、特診に対しては著名医に往診を求め、いかにも恵信病院専属医のごとく見せかけ、診療、治療、執刀に当たらせる。

看板を見る限り、派遣の名医がみな恵信病院自前の医者のように見える。患者は綺《き》羅星《らほし》のごとき名医の揃い踏みと、最先端医療機器に目を晦《くら》まされて入院して来る。マルビの患者には目もくれない。マルビは患客に対して患畜として扱われる。

3

依頼を引き受けた奥は、中岡のプライバシーを洗った。中岡には三人の女がいた。そのうち二人は、病院の看護師・福井《ふくい》ちさと事務員・川添《かわぞえ》ひとみである。三人目は銀座のクラブの女性・山野《やまの》ひろみで、最近、最も執心している。

土曜の夜は山野ひろみの店「ポルト」に行き、看板後、柿の木坂にある彼女のマンションに同行《エスコート》して、そのまま泊まり込む。休診の木曜日は川添ひとみと福井ちさと隔週ごとに会う。

時には、三人のうちのだれか、最近はもっぱら山野ひろみを同伴して、近郊の温泉に出かける。女の許に行かないときは、等々力《とどろき》の自宅に帰る。

女と共に過ごしていないときは、ＶＩＰの患客に敬診（表敬診療）したり、学会に出席したり、夜は政・財界の要人と会食したりして、忙しく動きまわっている。

現在六十二歳、気力、体力ともに充実しており、そのスタミナと野心は壮者を凌ぐ。

中岡の影のように張りついているボディガードは、その方面で「玩具壊し《チャモワリ》」兄弟と呼ばれている凄腕の殺し屋である。かなりの数を殺傷しているはずでありながら、前科はない。人間を、まるで玩具《おもちゃ》でも壊すように簡単に殺傷するところから渾名された。

本名はだれも知らない。

この二人が中岡に常に影のように張りついている。中岡が女たちに会うときすら離れない。医者でありながら、政情不安な国の首相や、抗争中の暴力団組長のように身辺を厳重に警戒している。それだけ彼を恨む人間が多いということである。

中岡の日常をじっくりと観察した奥は、日常のライフ・パターンから、土曜日、山野ひろみのマンションに行くときが唯一の機会であるとおもった。チャモワリ兄弟もマンションまでは護衛するが、さすがにひろみの部屋の中までは踏み込まない。

翌日、指定された時間にひろみのマンションに兄弟が迎えに来るまでは、中岡はひろみと二人だけで過ごしている。この間、彼はまったく無防備である。

だが、入館するためにはコードナンバー、あるいはドアのオープンカードがなければならない。外来者は玄関口のルームナンバー表示盤から訪問先のナンバーを押して、入居者にドアを開いてもらわなければならない。もちろん玄関口には防犯カメラが備え付けられていて、訪問者はモニターテレビにクローズアップ、記録される。

正面玄関のエレベーターホールに面して守衛室があり、守衛が二十四時間詰めている。

各戸にも玄関装置や防犯カメラはもちろんのこと、警備会社と直結する防犯ベルや、在宅中、不在中を問わず、カバーするセキュリティを備えている。

中岡は週末深夜、チャモワリ兄弟の兄が運転するベンツにひろみと同乗して、柿の木坂にあるマンションに帰って来る。チャモワリ兄弟はボディガードではあるが、平穏無事な毎日に慣れて、さして警戒はしていない。

医療ミスでいかに患者が医者を恨んでいたとしても、実際に報復のための実力行動に出た例はない。せいぜい訴訟に持ち込み、損害賠償を請求する程度である。仮に患者が勝訴しても、保険金で支払うので、医者の懐は痛まない。

医療ミスにおける医者と患者とでは、圧倒的に医者が優位である。

肉体的に病患を抱えている患者は、医療過誤を犯した医者と戦おうとする意欲が低い。そんな患者が実力行動に出るはずがない、とチャモワリ兄弟は楽観している。

だが、中岡は悪質な医療過誤のリピーターであるだけに、患者の恨みの深さを知っている。患者本人に報復の意思がなくとも、家族や親しい人間に深く強い恨みを抱いている者がいるかもしれない。中岡の身辺警護は、自分が犯した医療ミスの悪質さを知っていることを示す。

そんな彼が、土曜の夜はボディガードを追い返して女の部屋に泊まる。さすが用心深い中岡も、セキュリティ万全のマンションの密室にまで、刺客が追いかけて来るとはおもってもいないようである。あるいは女への執心が危険を忘れさせているのかもしれない。少なくとも女の肌に埋もれている間は、刺客の脅威を忘れているにちがいない。

男は女と共にいるとき、最も油断している。鎧《よろい》を脱いで裸にならなければ、女を抱けない。それは奥とて例外ではない。串本はまさにそこを衝いてきた。

だが、潤子の持つ本来の危険性を察知していた奥は、串本の裏をかいただけである。潤子にまったく危険性を感じなかったならば、奥も油断を衝かれたにちがいない。ターゲットは屈強のボディガード二人に守られ、万全のセキュリティに保障され、女の肌に埋もれて油断している。

奥はターゲットに向かって歩一歩肉薄していた。

4

突然、串本が玩具壊し《チャモワリ》兄弟に会いに来た。兄弟は串本の許に、旅の途上、草鞋《わらじ》を脱いだことがあり、双方面識がある。

「御用があれば、我々の方からまいりましたものを」

兄弟は以前世話になったことのある串本が、直接出向いて来たので恐縮した。最近、失脚したとはいえ、依然として一誠会で最大の勢力を張っている串本である。

「いやいや、用事のあるのは私の方だ。まして、あんたらはいま、中岡先生のそばを離れられない勤務中だ。突然お邪魔して申し訳ない」

串本は低姿勢に謝った。

「いまどき、医者を狙う患者なんていませんよ。院長のおもいすごしです。そのおかげで我々は毎日、遊んでいるだけでけっこうなお手当をいただいていますがね」

兄弟は笑った。

最近は玩具も壊せなくなって、髀肉《ひにく》の嘆《たん》をかこっているらしい。

「おもいすごしではないかもしれないよ」

串本が口調を改めた。

「組長、それはどういうことですか」

兄弟が少し姿勢を変えたようである。

「院長を本気で狙っている人間がいるかもしれないということだよ」

「我々がついているのを承知の上でですか」

「もちろん。だれがついていようと、そいつはあきらめない」

「それは大した度胸ですね。チャモワリ兄弟がついていることを知りながらあきらめない玉がいるとすれば、それはよほど度胸がいいか……」

「あるいはばかだ」

兄弟は顔を見合わせて薄く笑った。

「私の知る限り、そいつはばかではない。凄腕だよ」

「たしかに凄腕かもしれませんねえ。我々がついていることを知りながらあきらめないというのは、凄腕かもしれませんねえ」

「すごすごと引き下がらねばよいが……」

兄弟はうっそりと笑った。チャモワリ兄弟がガードしていると知りながらあきらめない凄腕と聞いて、少し自尊心を傷つけられたらしい。

「ご両所も噂は聞いているだろう。本堂先生の若を宦官《かんがん》（去勢）にした刺客《ボランティア》を……」

「ボランティア……あの噂のボランティアが院長を狙っているというのですか」

兄弟の表情が変わった。

「その可能性は高いとおもう」

「ボランティアが院長を狙っているとなれば、相手にとって不足はない」

兄弟は闘志を燃やしたらしい。

「それで、ボランティアが狙っているという根拠があるのですか」

兄が串本の顔を探るように見た。

「ある。若の父親・本堂政方氏は院長の紹介で腎臓を移植している」

「まあ、院長はその方面では名の売れた医者ですからね。腎ヅメ（腎臓移植）、肝ヅメの紹介をしても、べつに不思議はないでしょう」

「若を狙ったボランティアが、若の実父に院長が腎ヅメの斡旋をしたということを知ったら、因縁が深くなるんじゃないかね」

「なるほど。親の因果が子に報いというからなあ。ボランティアが襲った子の親に、院長が腎ヅメの紹介をしたとなると、ボランティアの目が院長に向くかもしれない」

「若の餌食になった娘たちやその家族が、院長の医療ミスの犠牲になっているかもしれない。マスコミを利用して名医の看板を出しているが、院長の中身は大藪《おおやぶ》だ」

「院長だけじゃありませんぜ。恵信病院は藪医者の巣だといわれています」

「それならなおさらのこと。ボランティアが院長を狙う充分な根拠があるよ」

「つまり、ばか息子の餌食になった娘たちや、その家族が、ボランティアのクライアントになっているということですか」

「そうだ。そのクライアントは若と院長の二重の被害を受けているかもしれない。またクライアントが複数の可能性もある」

「我々には二重の被害であろうと、クライアントが何人いようと関係ありませんね。我々がついている限り、ボランティアなどに手出しはさせません」

兄弟は自信たっぷりの口調で言った。

「ご両所の腕なら、ボランティアなどおやすい玩具《チャモ》だとおもうが、一応、やつの手口を耳に入れておくのも邪魔にはなるまいとおもってね」

「ボランティアの手口ですか」

兄弟が面に興味の色を塗った。

強がってはいても、これまでボランティアの尋常ならざる手並みは聞こえている。

「やつは囮使いの名人だ」

「囮使い？」

「つまり、ここから攻めて来るとおもわせて、別の攻め口を衝いてくる」

「そんな安手の囮に、おれたちが引っかかるとおもっているのですか」

「おもってはいないよ。念には念だ。やつが襲って来るとすれば、まず山野ひろみのマンションだな」

兄弟は、ほうというような表情をした。串本が中岡の女と、その住所を知っていることに驚いたようである。

「私が知っているくらいだから、ボランティアはとうに探り出しているはずだ。たしかに柿の木坂のマンションはセキュリティは万全だし、いったん室内に閉じこもってしまえば、金城鉄壁《きんじょうてっぺき》だよ。いかにボランティアでも、セキュリティを破って部屋の中までは入り込めない。だが、館内に入るのはたやすい」

「ドアカードかコードナンバーを知らないと、玄関を通れませんよ」

「玄関口で待っていれば、居住者や訪問者が出入りする。彼らに従いて行けば、たやすぐ入れる。だが、そこまでだ。居住者が中からドアを開けてくれない限りはな」

「開けるはずがないでしょう。それに玄関口は四六時中、守衛が監視していますから、見知らぬ者が入ろうとすれば、そこでチェックされます」

「そうおもうだろう。外から入って来る者はチェックするが、中から外へ出て行く者はフリーだよ」

「外へ出て行く者をチェックしても、しかたがないでしょう」

兄弟は不審げな顔をした。

「兄弟は院長をどこまで送るのかね」

「マンションの玄関までです」

「迎えるときは」

「それもマンションの玄関口で待っています」

「送迎の出入りのときがいちばん危ない」

「館内で待ち伏せしているということですか」

「いいや。ボランティアは玄関口を視野に入れる館外で待ち伏せしている……」

「マンションの玄関を出入りするときを狙って、館外で待ち伏せしているということですか」

「と見せかけて、館内で待ち伏せしている公算が大きい」

「館内には入り込めないでしょう、守衛の目が光っている」

「出前だよ」

「出前？」

「マンションの住人が外部の飲食店からよく出前を取る。彼らはほとんどフリーパスだ。入居者に玄関を開けてもらうからね。出前を偽装して館内には容易に入り込める。守衛は出前が入って来ても、出て行く姿をいちいち確認していない。ましてや、複数の入居者が複数の出前を同じ時間帯に呼ぶことも珍しくない。守衛は入った出前と出て行った出前の人数をいちいちチェックしていない」

「出前に化けて侵入し、館内で待ち伏せしているというわけですね」

「そうだよ。マンションの玄関から女の部屋までの間は、ご両所もエスコートしていないだろう。その間が最も危険だ」

「出前に化けて待ち伏せしているとはおもいませんでしたね」

「館外から狙撃するように見せかけておいて、館内で待ち伏せする。ボランティアの十八番《おはこ》だよ」

「なるほど。たしかに玄関口から女の部屋までの間は無防備だったな」

　兄弟は視野を塞いでいた壁に新たな窓を穿《うが》たれたような顔をした。

「実は、私もその手でやられたんだ」

串本はボランティアの居室を襲って裏をかかれた体験を話した。

在室と見せかけて誘い込み、軒を接する隣りのマンションの部屋から狙い撃ちされた。中にいると見せかけて外で待ち伏せしていたのであるが、本命とおもわせた的は囮であった。

「それからこれも念のためだが、防弾チョッキを着けた方がいい」

と串本は帰りしなに言葉をつけ加えた。

串本のアドバイスは、兄弟にとって大いに参考になったようである。

5

串本が帰った後、二人は改めて彼のアドバイスを検討した。

「串本の言う通り、果たしてボランティアが館内で待ち伏せするかな」

弟はたぶんに懐疑的であった。

「充分あり得るとおもう。本堂のばか息子がバナナを切られたときも、飛び道具を警戒していたのが、ブラックアウトを狙って刃物を持って近づいて来た。ばか息子もまさかブラックアウトのダンス中、バナナを切られるとは夢にもおもっていなかったようだぜ」

「おれたちがついていれば、そんな勝手な真似はさせなかった。甘く見ていたんだな」

「おれたちもやつを甘く見ていたかもしれない。いや、ボランティアなど眼中になかった。取り越し苦労ならよいが、もしやつが本気で院長を狙っているとすれば、女の部屋のドアの前まで張りつくべきだ」

「そこまでやるのか」

「できれば、女の部屋の中にまで張りついていたい」

「冗談じゃねえよ。院長が女と乳繰り合っているのを、指をくわえて見ていろというのかい」

弟はうんざりした顔をした。

銀座の店から女と一緒に帰る車の中でいちゃついている場面を見せつけられている弟は、女の部屋でさらに濃厚な場面を押しつけられてはたまったものではないという顔である。

「そのために充分なお手当をもらっているんだろう。おれたちがついていながら、ボランティアに勝手な真似をさせたら、おれたちの面目玉は丸潰《まるつぶ》れだ。チャモワリ兄弟がお守りをしているお人に手を出したことを後悔させてやるんだ」

「わかったよ。おれたちも一緒に女のマンション内に入れば、ボランティアは手を出さないだろう」

「いったん帰ったように見せかけて、非常口から戻る。院長に頼んで、あらかじめ非常口をアンロックしておいてもらうんだ」

二人の間でボランティアの襲撃を前提にした護衛策が検討された。

その週末の夜、山野ひろみと銀座のレストランで共に夕食を摂《と》った中岡春信は、午後九時ごろ、銀座六丁目にあるクラブ「ポルト」に同伴した。

三十分ほどそこで過ごした中岡は、界隈の行きつけの店を三軒はしごして、ふたたび「ポルト」にひろみを迎えに帰って来た。その間、兄弟はぴたりと張りついている。

兄弟は串本のアドバイスを容れて防弾チョッキを着た。弟は、そんなものを着る必要はないと言ったが、それを着けていると心身が引き締まった。

銀座のど真ん中、ゴールデンタイムにまさか飛び道具を用いるとはおもえない。これまでのボランティアの手口から見ても、それは彼の美学にそぐわない。その美学にボランティアの弱点があると、兄弟は見た。

兄弟には美学などない。狙うべき的は、二人にとって玩具か、せいぜい器物にすぎない。要するに、単なる物体である。物体に生命はない。

的は生命のない物体にすぎないのであるから、それを壊すのになんの美学も必要としない。ただ破壊して、物体としての効用（ものの使い道）を失わせるだけでよい。それ以上も、以下も求めない。チャモワリは芸術ではないのである。

だが、ボランティアは人の襲撃を芸術化している。そもそも人が人を襲撃することは、人の生命を軽視、あるいは無視していることである。であれば、生命のないものを壊すのとなんら変わることはない。ボランティアはそこを混同している。その混同を正義と誤信している。

人間の襲撃に美学や正義を求めるくらいであれば、初めから人を的にすべきではない、と兄弟はおもっている。美学など生死を争う勝負に持ち込めばどうなるか、おもい知らせてやる。兄弟はほくそ笑んだ。

これまでの泰平無事に馴れていた兄弟が、串本からアドバイスを受けて、にわかに姿勢を改めたことは確かである。

兄弟が中岡に、ひろみのドア口までの警護を申し出ると、

「そこまでする必要はないだろう」

と中岡は少し驚いたような口調で言った。

「念のためです。最近、物騒な事件が増えていますから、ドア口までお供させてください」

と兄が押すと、臆病《おくびょう》な中岡はうなずいた。彼を必要以上に怖がらせてもいけないの

で、ボランティアが狙っているかもしれないことは伏せておいた。

兄弟自身もまだ半信半疑である。串本がわざわざ足を運んで忠告してくれたことに敬意を表して、警戒レベルを少し引き上げたといってもよい。

当夜、午前零時少し前にひろみのマンションに着いた。高級住宅や億ションが立ち並ぶ界隈は、すでに寝静まっている。不穏な気配は感じられない。兄弟は、いつもは折り返すマンション玄関口から中岡とひろみを、五階にある彼女の部屋のドア口までエスコートした。この間、ボランティアが待ち伏せしているとしても、つけ込む隙をあたえていない。

串本から忠告を受けた後の週末、兄弟は中岡をひろみの部屋のドア口まで数回送迎したが、なにごとも起きない。兄弟は疲れてきた。いつ来るか、いつ来るかとスタンバイしている緊張は長く持続できない。中岡もドア口までの送迎をうるさがるようになった。

「おもいすごしではないのかね。マンション玄関まで送迎してくれれば充分だよ」

と中岡は言った。

館内までボディガードがついてくると、居住者に不安をあたえてしまう。居住者にとっては兄弟そのものが危険な気配を発散している不審人物《エトランジェ》なのである。

クライアントにいやがられ、居住者から胡散臭がられて、さすがの兄弟も館内に

〝押し込め〟なくなった。

ドアロエスコートをやめて、玄関送迎に切り換えた二度目の週末の午前零時近く、中岡はひろみに支えられるようにして車から降り立った。今夜は「ポルト」に財界の要人を招いたので、いつもより気疲れしたらしく、アルコールがまわっている。

ひろみが中岡を支えながら、空いている手でオープンカードを開閉装置にかざして開戸した。玄関ドアが開いた瞬間、彼らより一足早くするりと館内に侵入した黒い影があった。猫である。

館内に迷い込んだ猫がなにかに触れたのか、ギャッと悲鳴をあげた。

ペットの飼育は許されているが、必ず居住者がエスコートしなければならない内規になっている。彼らは野良猫が侵入したとおもった。一瞬、四人の注意が侵入猫に集まった。

「ごめんなさい」

背後から声がして、猫の飼い主らしい女性が、

「メイ、独りで行ってはダメよ」

と猫の名を呼びながら追って来た。飼い主が同行していたので、野良でないことがわかり、一同が気を抜いた瞬間、中岡が悲鳴をあげた。はっとして他の三人が中岡に視線を集めたときは、彼の利き腕の指先から血がしたたり落ちていた。床に切り落と

されたらしい指先が何本か散らばっている。

愕然とした兄弟が反撃の姿勢を取ろうとしたときは、女性はすでに驚くべき速さで走り去っていた。弟が追跡し、兄が中岡の許に留まったのはさすがである。

襲撃者は単数とは限らない。まだ仲間が現場近くにひそみ、中岡に止めを刺しに来るかもしれない。だが、仲間の気配はない。兄は油断なく周囲に目を配りながら救急車を呼んだ。ひろみは腰を抜かしたようになっている。利き腕の指数本を切り落とされた中岡は、アルコールが入っているせいか、指先から噴出するように出血している。

救急車を呼んだ兄は、あり合わせの布で素早く中岡の腕を強く縛り、傷口を塞いだ。中岡は医者でありながら動転していて、自ら手当てしようとしない。

「院長。大丈夫です。この程度の傷なら命に別状はありません」

切断された指先は、右手の人指し指と中指の第一関節から先であった。全身の体重をかけて押し切るか、あるいは鉈《なた》で一気に切り落とさなければ切断できない指先を、二本同時に第一関節から一瞬の間に切り離した手並みは尋常ではない。

救急車が到着するのとほとんど同時に、襲撃者を追跡した弟が手ぶらで帰って来た。逃げ足が速く、追いつけなかったようである。完敗であった。

中岡はその場からまず最寄りの病院に搬送された。兄弟がつき添った。警察の事情聴取に備えて救急隊員が同行を要請したのである。まだ襲撃者の脅威も去ったわけではない。ひろみは目の前で中岡が襲われたショックでほとんど腰が抜けていた。

中岡は自分の病院への搬送を求めた。院長の深夜の被害に、恵信病院は驚愕し、医師を非常呼集した。とりあえず応急手当を施した上で、恵信病院挙げて、兄が拾って来た指の復原手術が行なわれた。切断時から時間が短かったので、手術は成功したが、中岡は二度と執刀できぬ身となった。

恵信病院の経営者である中岡自身が執刀するようなことはないが、医師として二度とメスを手に取れぬ身となったことは、強い衝撃であったようである。

現場に居合わせた兄弟、および山野ひろみから事情を聴いた警察は、襲撃犯人はボランティアにちがいないと確信した。

犯人は猫を囮に女装して被害者に近づいたのである。犯行手口はこれまでボランティアと推測される犯行と酷似《こくじ》している。その水際立った手並みも同じである。

生命に別状なく、手術が成功した後、中岡は警察の事情聴取に応じて、兄弟の証言を裏づけた後、

「速やかに犯人を捕まえて、処罰してもらいたい。警察が手間取っていれば、自力で犯人を探し出して報復してやる」

と話している間に興奮して、一般市民にあるまじきことを口走った。

これまでボランティアは、被害者を傷つけても、殺害したことはない。権力の庇護を受け、巧妙に法網を潜って悪行を重ねた社会の害虫どもを、被害者になり代わって懲らしめた。生命は奪わず、二度と悪を重ねられないように害虫どもの反社会的な機能のみを奪う。悪の武器を失った悪人は、同じような悪事は繰り返せなくなる。

ボランティアの行為は違法であるが、権力と法に守られている悪党どもを、生命を奪わず懲らしめる手口は見事であり、痛快であった。

悪名高い死に神病院のリピーター中岡春信は、二度と医療ミスのリピートができなくなった。死に神病院の院長が膺懲されたことが、同病院の医師たちにも強い衝撃波となった。もし彼らが院長同様に医療ミスのリピートをすれば、ボランティアのターゲットとされるであろう。

同病院の医師はもちろん、看板上で名前を連ねていた著名な医師や、大学病院の教授たちは震え上がった。彼らは先を争うようにして看板から名前を取り下げた。

入院していたＶＩＰ患客は、潮が退くように退院した。中岡が受けた身体的ダメージよりも、病院のダメージの方がはるかに大きく、深刻であった。

宅配された対決

1

中岡春信の被害を聞いた棟居は、またしてもボランティアに出し抜かれたとおもった。前科はないが、チャモワリ兄弟の悪名は轟《とどろ》いている。その兄弟の面前で、死に神のリピーター・中岡春信の指を切り落とした手並みは凄い。

現場に居合わせた中岡の愛人や、兄弟の供述によると、猫に注意を逸らされた瞬間、中岡が襲われたということである。

所轄の碑文谷《ひもんや》署には顔馴染みの水島《みずしま》がいる。水島から聞いたところによると、チャモワリ兄弟は襲撃者のあまりに素早い手並みに、なにもできなかったということである。

警察は被害者からの訴えによるものではなく、救急隊員から通報されて臨場した。

警察が現着（現場到着）したときは、すでに犯人も被害者一行も現場にいなかった。目撃者の一人であった中岡の愛人・山野ひろみが、騒ぎを聞きつけて集まって来たらしい近隣の住人に囲まれて、腰を抜かしたように茫然としていた。

「中岡院長はその方面では聞こえているチャモワリ兄弟をボディガードに雇っていましたが、院長はボランティアに狙われていることを予測して、身辺を警戒していたのですか」

棟居は事件のニュースを聞いたとき、抱いた不審を水島に問うた。

「そのことは私も気になっていました。いかに評判の悪い死に神リピーターであっても、患者の報復を恐れて、凄腕のボディガード二人を雇っていたというのは尋常ではありません。その点、被害者本人に聞いたところ、特に予測をしていたわけではないが、患者の中にも過激な者がいて、どんな逆恨《さかうら》みをされるかわからないので、一応警戒をしていたということでした。

棟居《ムネ》さんの言う通り、中岡院長はかなりえげつないことをしていますので、ボランティアを恐れていたのかもしれませんね」

水島が答えた。

「もし中岡がボランティアを恐れていたのであれば、チャモワリ兄弟も当然、ボランティアに備えていたはずです。それにもかかわらず、兄弟の目の前で中岡が指を詰《エンコ》められた。ボディガードの面目丸潰れですね」

「中岡は激怒して、兄弟を首にすると息巻いていますが、兄弟以上のボディガードは見つかりません。激昂して、警察が犯人を探し出せなければ、自力で探し出して、報復してやると口走っていましたが、本心かもしれません。そのためにチャモワリ兄弟を解雇せずに、飼っているのでしょう」

「警察の手を借りず、兄弟を使って復讐するというわけですね」

「警察に発破《はっぱ》をかける意味で口走ったのかもしれませんが、面目を潰された兄弟は、このまま黙ってはいないでしょう」

「黙っていれば、業界でなめられます。ボランティアが変装していたにしても、チャモワリは相手を見ています。警察の知らないなにかをつかんでいるかもしれませんね」

「その可能性は高いと見ています。彼らはなにかを知っていて、黙秘していますね」

「当分、兄弟からも目を離せませんね」

　水島と情報の交換をした棟居は、今後、町田署の有馬を加えて、連携してボランティアの捜索、およびチャモワリ兄弟の動向をマークすることにした。

　水島から恵信病院のＶＩＰ患客に本堂政方がいることを聞いた棟居は、チャモワリ兄弟のバックに本堂や串本の気配も感じ取った。

棟居も、中岡春信と恵信病院の患者の物質化、商品化や、反省の見られないリピーターには義憤をおぼえている。だからといって私刑は許されるべきではない。権勢と結びついているかもしれない中岡の報復の触手が及ぶ前に、ボランティアを捕らえなければならない、と棟居は改めて自分に誓った。

役立たず、負け犬、チャモワリどころか卵も割れぬと罵られても、兄弟は一言もなかった。彼ら二人がついていながら、雇い主《クライアント》が医者として無能力にされた。本堂政彦が男として無能力にされたのと同じ場面であった。

兄弟は中岡から解雇されても、独自にボランティアを追い、報復するつもりであった。幸いに中岡は怒りながらも、兄弟の実力は認めており、首がつながった。

ボランティアの脅威がまったく去ったわけではないが、当面、これまでのように厳重に身辺を警戒する必要はない。中岡は明確に指示はしないが、報復を望んでいる。ボランティアの脅威がないいま、兄弟を養っている意味は報復だけにある。

「ボランティアは猫を飼っているにちがいない。ほかの動物も飼い馴らしているかもしれない。それに変装術に長けている。ボランティアが猫の女飼い主に化けて入って来たときは、一瞬、おれも見抜けなかった。だが、二度と同じ手は食わない。串本から聞いたことだが、ボランティアには女がいるそうだ。本堂のばか息子が、その女のおかげでバナナを切られて、女の行方を追っていたが、返り討ちに遭って串本も失脚した。ボランティアと女の仲がその後どうなったか確かめていないらしいが、その女が攻め口だな」

兄が言った。

「兄貴、女の住所はわかっているのかい」

「串本に聞けばわかるだろう」

「早速、女を見張ろうぜ」

弟が気負い立った。

「まあ待て。敵も女が攻め口にされることは充分予測しているだろう。女を囮にしているかもしれない。同じ轍《てつ》を踏まぬよう、慎重にやるんだ」

兄ははやり立つ弟を制した。

2

猫の助けを借りて首尾よくクライアントの依頼は果たしたものの、奥はおもい返しても肝が冷えた。

よくぞ、あの兄弟の護衛するターゲットに対して目的を果たせたものである。猫の力を借りなければ足許《あしもと》にも近寄れない相手であった。兄弟を取り巻く空間には、目に見えない厚い壁が聳《そび》えているように感じられた。殺気の壁である。

あのとき猫が鳴いたのは、殺気の壁に触れたからであろう。猫の鳴き声のおかげで二人の注意が逸れた。その瞬間を衝いての早業《はやわざ》であったが、まさに間一髪の離れ業であった。

現場から逃走したとき、弟の追跡を受けた。まるで猛獣に追いかけられているような気がした。襲撃前、現場界隈の地理を綿密に調べていたので逃げおおせたが、地理に暗ければ捕まっていたかもしれない。

中岡襲撃に際しては、兄弟との直接対決は避けられたものの、いずれ二人と正面から向かい合うときがくるような予感がしている。正面対決では囮を使うような姑息《こそく》な手は通用しない。戦う能力のすべてを傾け尽くしても、勝てる相手かどうかわからない。

だが、彼らには厚い壁のような殺気と同時に、避けも躱しもできない引力を感じる。敵を引きつける磁石のような引力である。

奥がこれまで向かい合ってきた多くの敵には、強い殺気はおぼえたが、引力は感じなかった。おそらくその引力は訓練や経験によって鍛え、学び取ったものではなく、生来、体質に埋め込まれているものであろう。

累代《るいだい》受け継がれてきた人を殺傷するための遺伝子、おそらく父祖累代、密林のサバイバルレースに生き残ってきた肉食動物のような遺伝子が、生まれたときから組み込まれていたのであろう。そうでなければ、人間を玩具を壊すようには殺せない。

奥は番長に復讐してから、被害者の復讐代行をボランティアとして戦ってきたが、いずれの敵も、戦う資質を訓練と努力と実戦を踏まえて身につけていた。だが、あの兄弟はほとんど努力もせずに、天才的な戦技を身に備えているようである。

戦いの邪悪な天才と向かい合うには、尋常の勝負では勝てない。おそらく兄弟は、人を殺すためには手段を選ばないであろう。奥のように命を奪わず、ターゲットにダメージをあたえればよしというような中途半端なことはしない。食うか食われるか、それ以外にはない。的を食う必要はなく、懲らしめるだけで充分な奥とは、戦いの質がちがうのである。

奥は弟の追跡を振り切って安全圏に逃れた後も、兄弟の追跡を受けているような気がして仕方がない。的の熱を感知して追うミサイルのように、殺気だけが執拗《しつよう》に追いかけて来るのである。

奥は兄弟と直接対決する前に、彼らの見えざる殺気と向かい合わなければならなかった。殺気から面を背けてはならない。殺気と直面して馴らさなければいけない。

奥は迫る殺気を凝視している間に、はっとした。殺気の背後に潤子の面影が揺れた。

串本の配下を返り討ちに仕留め、串本を失脚させ、政彦を二度と潤子に手出しできないように処罰して、ひとまず潤子の安全は確保したと気を抜いていたが、兄弟が潤子と奥の関係を察知すれば、必ずそこを衝いてくるにちがいない。そして、潤子との関係は串本、あるいは政彦から伝えられているであろう。

奥は唇を嚙んだ。潤子が危ない。奥は潤子に連絡を取った。だが、連絡がつかない。携帯は電源が切られている。すでに手遅れであるかもしれない。敵は潤子を餌にして、手ぐすね引いて待ち構えているのであろう。慌てて潤子の許に駆けつければ、飛んで火に入る夏の虫である。

だが、奥は居ても立ってもいられなくなった。このような場合、うろたえるのが最も危険であることを経験が告げているが、耳に入らない。

なぜ、もっと早く潤子を安全な場所に移さなかったかと悔やんでも、後の祭りである。

敵は政彦や中岡の襲撃者の正体を確認しているわけではない。したがって、奥と潤子の関係も推測しているだけにすぎない。おそらくスーパーで潤子のレジ台のみを通り抜ける度に、ひと言、言葉を交わしていた場面から見当をつけたのであろう。

政彦の狙撃と、ディスコパーティー会場での襲撃では、奥は姿を見られていない。中岡の襲撃では女装していたので、彼らは三件の襲撃が同一人物（奥）によるものという確認はしていない。

だが、敵は推測に自信を持っている。その自信を踏まえて潤子を押さえ、奥をおびき出そうとしているのである。

奥はどのようにして敵の罠を破り、潤子を救出すべきか、思案をめぐらした。敵は兄弟である。一騎討ちでも勝てるとは限らない相手が二人、罠を張って手ぐすね引いている。一人を倒したとしても、その間に潤子を危うくしてしまう。人質を押さえられている限り、一人では潤子の救出は無理である。

頭に血が上っていた奥も、ようやく冷静に事態を眺められるようになった。


その日、早番で職場から帰宅して来た潤子は、部屋に入った瞬間、異常な気配を感じ取った。一見、なにも変わったところはないが、部屋の空気が騒がしくなっている。出勤してから帰宅するまでの間、室内は無人のはずである。その間、空気は重く澱んで、不在のにおいが煮つまっている。

それがいつもとちがう。なにか異質の者が不在中、入り込んだかのような違和感が空気を不安定にしている。

気のせいかともおもった。だが、次の瞬間、はっとした。流しの床においたトラッシュの位置が微妙にずれていることに気がついた。わずかではあるが、定位置とは異なる。

狭いアパートの独り暮らしでは、家具や小さな身の回りの品が定位置に置かれている。目をつむっていても、どこになにがあるかわかる。定位置からずれていると落ち着かない。何者かが彼女の留守中に入り込んでいる。

本能的に不穏な気配を察知した潤子は、入ったばかりの自分の部屋から廊下に出ようとした。その瞬間、電話が鳴った。奥からであった。

3

とにかく危険を覚悟で潤子に接触し、彼女を安全な場所に確保しなければならない。逡巡している時間はなかった。

奥は市内の潤子のアパートに駆けつけた。潤子の部屋に直行するわけにはいかない。チャモワリ兄弟以下、敵の一味が手ぐすね引いて待ち伏せしているにちがいない。

アパートの界隈には敵性の気配は感じられない。多年、刺客《ボランティア》としての経験に磨かれた奥の自衛本能《センサー》にも、危険な気配は感知されない。だが、彼のセンサーが感知できない遠方から見張っているかもしれない。

奥はいま、宅配便の運転手に化けている。奥は偽装の宅配品を手に提《さ》げて、潤子のアパートの管理人室に行った。

チャイムに応答して顔を覗かせた、人のよさそうな管理人に、

「山猫配送ですが、実は水沢さん宛のお届け物を預かっていただけないでしょうか」

奥は偽装届け物をちらつかせながら言った。

「あれ、水沢さん、先程お帰りになったようですよ。廊下で会いましたから」

管理人は答えた。

「そうですか。チャイムにお応《こた》えがないので、お留守かとおもいました」

奥は詫びて、偽装届け物を引っ込めた。在宅していて、電話に応答しないとなると、敵が室内にいて、潤子の自由を奪っているのかもしれない。とすると、たとえ彼女が在宅していても、部屋に直行するのは危険である。

奥はひとまずアパートから出て、車に戻った。念のために再度、携帯をかけてみた。

「よかったわ。いま電話しようとおもっていたところです」

潤子の声が救われたように応答した。

「潤子さん、無事だったか。反応がないので心配していた」

「ごめんなさい。携帯の電池が切れてしまって」

「そこは危ない。貴重品だけ持って、すぐに出てください。アパートの斜め前に山猫配送の車が停《と》まっています。そこに私がいます。あ、ちょっと待って」

奥は少し離れたアパートの部屋の窓がきらりと光ったのを認めた。

「急いで。あなたは監視されている。すぐに部屋を出なさい」

と奥は指示した。敵は潤子のアパートから距離をおいた場所に拠点を設けて、監視しているようである。敵が奥の偽装を見破ったかどうかは不明であるが、潤子を車に乗せれば、直ちに偽装を見破るであろう。

潤子がアパートから駆けだして来た。バッグ一つ持っただけで、奥に言われた通り、まさに着の身着のままで飛び出して来た。

奥は潤子を車に引き込むと、直ちに発進した。敵が少し距離をおいた監視拠点を設けてくれたおかげで、逃走の時間を稼げるであろう。

潤子を収容した奥は、車首を都外の方角に向けた。都内の渋滞に引っかかると、敵の追跡を振り切れなくなる虞《おそれ》がある。高速道路は避けて、なるべく裏通りを伝って走った。高速や主要道路では追手に捕まる前に、警察の網に引っかかる虞がある。交通の要所要所に仕掛けられた監視カメラの目も避けたい。

「やはり、追いかけて来ている」

奥はつぶやいた。つまり、敵は彼のセンサーの感知する距離まで近づいていることになる。少なくとも二台以上の車が奥を追跡している。追跡車にチャモワリ兄弟が乗っているかどうか不明であるが、一騎討ちでも難しい相手に対して、潤子を連れていては勝ち目はない。

　奥は車を性能以上に絞り上げながら、どう対応すべきか、車以上に脳髄を絞ってコンピューターのように演算した。

「この先に四つ角があります。角に銀行があります。角を曲がって、追手の死角に入ったとき、徐行します。あなたはその間に車から降りて銀行に入りなさい。追手はあなたが降りたことに気がつかず、この車を追うはずです。彼らを撒《ま》いてから連絡します。よろしいですか。いち、に、さんの合図と共に車から降りなさい」

　奥は潤子に言い渡した。

「必ず連絡してくださいね」

「必ずします。曲がりますよ」

　車は四つ角にさしかかった。

「スタンバイ、いち、に、さん、いまだ」

　奥の合図と共に、潤子は徐行した車から飛び降りた。少しよろめいたが立ち直って、目の前の銀行に飛び込んだ。

　すでに奥の車は加速している。潤子にはどの車が追手かわからなかったが、奥の操る配送車につづいて、数台の車が曲がって来た。だが、銀行前で急停車する車はない。そのまま進行をつづけている。追手は奥の作戦に引っかかったらしい。

「いらっしゃいませ」

銀行の守衛から声をかけられて、潤子は初めて我に返った。

潤子を降ろして身軽になった奥は、車を山の方角に向けた。市内や人目の多いところで騒動《ドンパチ》を始めれば、警察が飛んで来る。奥にとって警察はチャモワリ兄弟以上の強敵である。

奥はこの地域の地理に通じていた。人造湖ができて、廃道になった車道が湖岸を伝っている。途中、高度差百数十メートルに達する断崖を捲《ま》く。奥はその難道に追手を誘い込んで、一気に勝負をかけるつもりである。

通行車がばらけ、人家が途切れると、追跡車がはっきりと識別できた。黒い乗用車が二台、いまは尾行を隠さずに、ぴたりとついて来ている。追手も奥が尾行を悟ったことに気づいている。

人家のない山奥に配送車が入って行くはずがない。追手は奥に誘い込まれているのではなく、追いつめたとおもっているかもしれない。敵は二台、四人はいるであろう。中にチャモワリ兄弟がいれば苦しい戦いとなる。

だが、遅かれ早かれ決着をつけなければならない敵である。この忘れられた山道であれば、いずれが勝っても負けても、心ゆくまで戦える。

敵は多勢であるが、我は地の利を得ている。この辺りの地勢には、我が庭のごとく通じている。これまでも強敵をここに誘い込んで勝利を重ねて来ている。仮にチャモワリ兄弟が地の利に通じているとしても、戦場の条件は五分五分となる。

山気は深まった。道はますます険しくなっている。渓谷は荒れ果て、原生林は引き裂かれ、切り立った崖の底を駆け下っていた清冽な急流は、地獄の釜の底のように荒廃している。以前、生息繁茂していた多種多様な動植物は、自然もろとも機械文明の乱開発によって完全に息の根を止められていた。かつて日本観光地の上位にあった渓谷は、無惨な骸《むくろ》と化していた。

だが、観光客が遠ざかり、情緒的な風趣は一片もなく駆逐された自然の骸は、人間の愚かさが極まる殺し合いをする絶好の環境である。

荒廃が極まると共に、道は渓谷の底と最大の高度を開いた。奥は急カーブの死角に車を停めて、ドアを開き、エンジンをかけたまま待った。

待つ間もなく、後方から追跡車が視野に入った。アクセルから足を離した奥は、開け放したドアから飛び降りた。

追跡車は突然、目の前に飛び出した配送車に愕然としてブレーキを踏んだが間に合わず、排気量、馬力の大きい配送車の後部に、なんの緩衝も置かずに食い込み、絡み合いながら断崖の縁に押し出されていた。

そこに後続の追跡車が突っ込んで来た。後続車は辛うじて踏み止まったが、車首は大破した。追突された車は垂直の断崖を、途中の岩角にバウンドしながら落ちて行った。

車首を削り取られた後続車は、崖際《がけぎわ》に危うく引っかかっているが、少しずつ下方に引かれている。車内から二人の人間が飛び出した。彼らの安全がまだ保障されたわけではない。

二人を目掛けて岩が落ちてきた。落石の一個が一人を直撃した。彼は落石にはね飛ばされたかのように、崖の下に消えた。残った一人は岩の陰に身を隠した。

落石が静まり、周囲は本来の静寂に返った。鳥も鳴かず、風声も水の音も聞こえない。生き残った一人は落石が人為的に発生したことを知っているようであった。

転落した車には二人の人影を認めたので、すでに三人、崖下に叩き落としたことになる。いま最後の一人と向かい合った奥は、後《ご》の先《せん》を取られている。最後の一人は、いまの人為落石によって奥の居所を知った。だが、奥には敵の所在が不明である。

落石の音が鎮まると、周囲は不気味な静寂に包まれた。先に気配を立てた者が敗れる。奥は岩陰に身を隠して息を殺しながら待った。相手はすでに死んでいるかのように、髪一筋の気配も立てない。その異常な静寂の底に、奥は尋常ならぬ敵を感知した。

最後の一人はチャモワリ兄弟の片割れにちがいない。他人の生命を茶碗でも割るように平然と殺傷するチャモワリ兄弟の残された一人は、片割れの命を車あるいは岩もろとも崖から突き落とされて、怒り狂っているであろう。

血を分けた兄弟を殺され、人の命の重さを初めて知ったはずでありながら、私の怒りに狂っている。他人の怒りや恨みをおもいやるゆとりなどはない。恐るべき敵であるが、いま奥が向かい合っているチャモワリは、冷静さを失っているであろう。そこが奥の付け目であった。

敵は後の先を取っているが、冷静ではない。必ず先に仕掛けてくるであろう。奥はひたすら待った。待つことだけが、生き残り《サバイバル》につながる。

どれぐらいの時間が経過したかわからない。人間は極度の緊張をいつまでも持続できない。生存のための最小限の呼吸まで殺すようにして、身じろぎ一つせず、ひたすら待つことは、心身共に激しく消耗する。先に消耗した方が敗れる。

奥がもはや限界に達しようとしたとき、空気が動いた。風は発していない。生物のわずかな動きが乱した空気が、奥のセンサーに触れたのである。奥は敵の動きを予感した。まだ本格的に動いていないが、攻撃前のためたエネルギーが予感となって走ったのである。

(来る)

奥は誘いの小石を投げた。小石が着地する前に、空間に砕けた。奥は背筋がぞくっとした。凄まじい命中率である。同時に奥は、発射源に向かって〝手榴弾《しゅりゅうだん》〟を投げた。

着地した手榴弾は爆発するかわりに、盛大に発火した。岩陰に身を潜めていた敵は、突然の炎に囲まれて、たまらず飛び出した。こうなれば奥の射的の獲物である。

敵の利き腕が武器を握ったまま吹き飛ばされた。戦闘能力を失った敵に対して、奥は二発目の手榴弾を投擲《とうてき》した。次の手榴弾は火を噴かず、消火剤をばらまいた。消火剤をおもわず吸い込んでしまった敵は、苦痛に顔を歪め、咳き込みながら身体を海老のように折り曲げた。目も焼かれて見えないらしい。

戦意を失った敵は、すでに敵ではない。奥は、吹き飛ばされた手首からぽたぽた血を垂らし、咳き込みつづけるチャモワリの片割れらしき者をその場に残して、現場から離れた。止めは刺さない。それが自分の悪い癖と承知しながらも、その時点で殺す必要がなくなった者は殺さないのが、彼のやり方《ポリシー》であった。

もしチャモワリの片割れであれば、独力でなんとかこの窮地から脱するであろう。

4

神奈川県清川《きよかわ》村村域宮ケ瀬《みやがせ》ダムを少し脇に逸れた山襞《やまひだ》に抉られたガレ場の底に転落している車を、山林作業員が発見して、厚木署に届け出た。

厚木署員が現場に出向いて調べたところ、転落車は三台あって、二台は崖の底、もう一台はその中腹の岩に引っかかっていた。崖下には山猫配送の社名の入った小型トラック、および乗用車が大破しており、乗用車の車内には、三十代と推定される二人の男が全身打撲で死んでいた。配送トラックの車内は無人であった。

また中腹の乗用車も大破しており、その近くに転落途上、車内から放り出されたらしい一人の同じ年配の男が、頭蓋骨骨折で死んでいた。

現場付近は宮ヶ瀬ダムの建設によって水没した旧中津《なかつ》渓谷の山勢最も複雑な地域である。転落車は廃道に迷い込んで崖から転落したと見られた。

それにしても、土地の者もめったに入り込まない山域に、地理不案内とはいえ、三台もの車が迷い込み、揃って転落したというのは解せない。もともと車が入り込むような道ではないのである。

臨場した厚木署の松家《まついえ》は、谷底まで落ちた配送車《トラック》の後部と乗用車の車首に、転落途上に形成された損傷変形とは明らかに異なる損傷を見て取った。両車とも大破はしていても、トラックの後部損傷に対応するような乗用車の車首損傷が、松家の意識に引っかかった。

しかも、トラックのギアはバックに入っている。ということは先頭を走っていたトラックがバックしたところに、第一後続車が突っ込んで来て、これに第二後続車が巻き込まれたのではないのか。

とすれば、トラックはなぜバックしたのか。

さらに不審なことは、谷底の乗用車に二人、中腹の乗用車に放り出された一人を配すると、トラックの運転手がいないことである。トラックの運転手が第一後続車に乗り移って転落したとは考えられない。

すると、トラック運転手は事故の発生を知りながら現場を離れ、警察や救急隊に連絡しなかったことになる。連絡するとトラック運転手にとって都合の悪い事情があったのであろう。都合の悪い事情とはなにか。松家の思案は煮つまってきた。

つまり、トラックを二台の乗用車が追跡して来た。トラック運転手は逃げきれないと判断して、廃道が最も高所に達した急カーブの死角に停車して、追跡車を待ち伏せしていた。追跡車が視野に入ったところで、トラックをバックさせて追跡車に激突させた。

不意を衝かれた追跡車は避けも躱しもできず、排気量の大きいトラックに崖から押し出された。トラックをバックさせる直前、運転手は車外に飛び降りた。第二後続車はトラックと第一後続車の転落に巻き込まれたものであろう。

山猫配送なる運輸会社は存在せず、二台の乗用車はいずれも盗難車であった。

収容された三体の死体から発見された運転免許証から調べたところ、二人共に前歴があり、いずれも傷害にかかわる罪で服役している暴力団員である。残る一人は交通違反のみで名前は印東栄介《いんどうえいすけ》、三十歳であった。

　松家はその名前に記憶があった。人をまるで玩具《チャモ》でも割るように殺傷するところから、玩具割《チャモワリ》りと渾名《あだな》されている凶悪な殺し屋である。

　印東栄介には大介《だいすけ》という三十三歳の兄がおり、チャモワリ兄弟と恐れられている。まだ殺人で尻尾を出してはいないが、これまで政・財界の要人や、暴力団関係者の原因不明の死や失踪などは、彼ら兄弟が関わっているのではないかと疑われている。別名・引導兄弟とも呼ばれている。

　転落車内の死体の主が悪名高い兄弟の一人と確認されて、厚木署は緊張した。印東兄弟の片割れの死体が丹沢《たんざわ》山域の転落車中から発見されたとなると、単なる事故ではなくなってくる。

　厚木署では県警捜査一課に報告し、厚木署に宮ヶ瀬湖転落車死体事件の事故、他殺両面の構えの捜査本部を設置して、捜査を始めた。

5

　宮ヶ瀬湖の転落車内から印東栄介ほか二名の死体が発見されたニュースは、逸速く棟居に聞こえた。棟居は刺客《ボランティア》の関わりを連想した。

少し前、死に神の中岡春信が印東兄弟の護衛している前で、二度とメスを握れぬように利き腕の指を切断された。犯人はボランティアと推測されている。

犯人を目の前にしながら、中岡を護れなかった兄弟の面目は丸潰れである。チャモワリが卵も割れないと、闇の業界では嘲笑されているほどである。

兄弟は〝汚名〟を晴らすために、ボランティアに報復しようとして、返り討ちに遭ってしまったのではないのか。そうだとすれば、またしてもボランティアに先を越されてしまったことになる。

その後、水沢潤子も事件と相前後して行方を晦《くら》ましてしまったことが判明した。町田市のアパートには彼女の荷物がほとんどそのまま残されている。まさに着の身着のままで飛び出したという感じであった。

さらに管理人の証言によると、彼女が行方を晦ます直前に、山猫配送と名乗る者が届け物を配達して来たという。転落車の一台は山猫配送の偽装車であった。

おそらく潤子はボランティアからチャモワリ兄弟に狙われているから、急ぎ姿を隠すようにと言われて、取るものもとりあえず逃げ出したのであろう。この事件の犯人は、まずボランティアにまちがいないと、棟居はおもった。

棟居は水島や有馬と相談して、厚木署の松家に連絡することにした。

棟居らの連絡を受けた松家、および厚木署の捜査本部は、昨今、世上の関心を集めているボランティアの関与疑惑が濃厚と聞いて、色めき立った。

印東栄介と一緒に死んでいた二人の男も、暴力団を渡り歩いている悪であった。だが、ボランティアの登場によって、暴力団の背後関係は希薄になってきた。ボランティアは暴力団につながりはない。むしろ、反《アンチ》暴力団の立場にいる。

法律的救済を受けられない、あるいは救済不充分な被害者のために、その名のごとく正義のボランティアを気取って、法網を潜り笑っている悪を懲らしめる。最小限の実費で被害者《クライアント》から依頼されて行動する場合もあるらしい。

ボランティアの手口は、犯人や悪の生命は奪わず、社会的活動ができない程度に心身に損傷《ダメージ》をあたえることである。社会正義の看板を背負ってはいても、私刑を禁ずる法を犯していることには変わりない。だが、社会の共感を集めているだけに、警察としてはやりにくい相手である。

「警視庁からの連絡を鵜呑みにして、ボランティア関連を疑うのは早計でないか」という意見も部内にあったが、印東兄弟の片割れの消息が不明であり、偽装配送員が届け物を配達して来た、ボランティアと関わりあると見られる女性が蒸発していることなどと考え合わせて、その関連疑惑は濃厚と見られた。

ここに神奈川県警と警視庁の共助捜査体制が布《し》かれた。

マスコミの報道に注意していた奥は、予測はしていたことであったが、警察が自分に目をつけた気配を察知した。報道では、印東兄弟が関わっている事件との関連性濃厚として捜査を進めていると報じている。

最近、印東兄弟の関わった事件といえば、中岡医師傷害事件である。警察がいよいよボランティアに照準を定めてきた。

すでに警視庁捜査一課もボランティアをマークしている。おそらく彼らも神奈川県警に合流して、奥を追跡して来るであろう。警察の追跡は覚悟の上である。

印東兄弟の片割れは健在である。いずれ彼も奥を追って来るにちがいない。潤子を護りながら、チャモワリ兄弟の片割れと戦い、警察の追及を躱すのはかなり苦しい戦いとなる。

とりあえず潤子は現住居から連れ出したものの、現在、ノーガードのまま放置してある。まずは彼女の安全を確保しなければならないが、その所在を秘匿しなければならない。潤子はべつになんの罪を犯したわけでもないが、その所在を隠さぬ限り、チャモワリの脅威にさらされる。奥がいま潤子に逢うことは、双方を危険に陥れることになる。

奥は岡野の応援を求めることにした。岡野ならばよい知恵を出してくれるであろう。

「私に任せなさい。当分は地方に隠れた方がいいでしょう。岐阜県の小さな町に古い友人がいます。旅館を経営していて、人手がないとこぼしていました。当分そこに潤子さんに行ってもらいましょう。友人も喜びますよ」

と岡野は請け合ってくれた。

早速、携帯で潤子に連絡を取り、岡野の指示に従うようにと告げた。

「それでは、当分逢えないのですね」

潤子は言った。

「いまはたがいに自重しましょう。ほとぼりが冷めたら逢いに行きます」

奥は心細そうな潤子を諭した。

とにかく警察やチャモワリの目に触れる前に、地方に隠さなければならない。

6

間もなく岡野から、岐阜県の郡上八幡《ぐじょうはちまん》に潤子を移したと報告がきた。

「それにしても、チャモワリの弟を片づけたとはさすがですね」

と岡野は感嘆した。

「チャモワリの兄を本気で怒らせてしまいました」

「チャモワリを人間とおもってはいけない。そいつは面目を潰された上に弟を殺されて、怒り狂っています。串本ともつながっています。チャモワリの弟と一緒に死んでいた二人は、串本組の組員でした。串本と彼が所属している一誠会も、チャモワリに協力してあなたを追うでしょう。充分用心してください」

岡野は言った。

奥はいま、警察、チャモワリ、一誠会の三方の敵と向かい合っていることを悟った。

この時期、老人相手の多角詐欺が頻発していた。

美形の女子社員を介護サービスや話し相手として、独り暮らしの老人に取り入り、言葉巧みに一年間で元本が五〇パーセントから八〇パーセントの利殖を生むと勧めて、契約すると会員権利証なる紙片を渡す。

投資対象は農場や貴金属、自動販売機で、救急・介護サービス、社会相互扶助、老後コンサルタントなどと称して、投資や購入を勧める。

優しく美しい女子社員に勧められ、老人たちは彼女の歓心を得ようとして、虎《とら》の子の箪笥《たんす》預金を差し出してしまう。女子社員のピンクサービスに陶然となっている老人たちは、投資の勧めを断るどころか、彼女が来なくなることを恐れ、むしろ進んで投資をする。

例えば農場は投資家のために管理会社が運営し、収穫した作物の利益を、また自動販売機は数台の自販機を購入させ、同じく管理会社が運営して、上げた利益を各投資家に還元するという表向きの仕組みになっている。

契約当初の半年ほどは、農場で収穫した作物や、自販機で販売する商品の投資家配当分と称して、酒や健康飲料などを送りつけてくるので、老人たちは信用してしまう。ところが、満期になると、自動更新すれば利益が利益を生み、元本の数倍になると半強制的に契約更新を勧誘する。

「おじいちゃん、私が保証するわ。この契約ファミリーに入っている限り、おじいちゃんの老後は絶対に安心よ。私もおじいちゃんと満期と共に別れたくないわ」

と女子社員が身体をすり寄せるようにして悲しげな顔をすると、老人たちは一も二もなく更新に応じてしまう。更新するだけでなく、新たな契約を申し込む。

老人たちを獲物《えもの》をしぼり尽くして、もはやなにも出ないとわかると、女子社員は悲しげに、

「社命で海外に一ヵ月ほど出張することになったの。帰国したらいちばんにおじいちゃんに会いに来るわ。仕事の都合で少し帰国が遅れるようなことがあっても、心配しないでね」

と言い残して姿を消してしまう。

老人たちは女子社員の言葉を信じて、ひたすら待っている。その間に会社は倒産し

て、別の名義の会社を立ち上げている。契約農場も自動販売機も貴金属もすべて架空であった。

いつまでたっても姿を現わさない女子社員に、痺れを切らした老人が会社に問い合わせると、とうに倒産しているという。愕然とした老人が警察に訴え出たときは、犯人一味はなんの痕跡も残さず消えている。

警察は後手後手にまわっていた。多様な詐欺の手口といい、女子社員による人海戦術といい、被害者に関する情報収集力といい、大きな組織があるようであった。

この時期に、岡野が一人の若い女性を奥の許に連れて来た。岡野は彼女を内村《うちむら》路《みち》子《こ》と紹介して、現在頻発している老人詐欺の被害者だと告げた。奥は老人詐欺の被害者が若い美形の女性であることに不審を抱きながらも、彼女の話を聞いた。

「夫が交通事故で車椅子生活になってから、生計を立てるために夜のお店に勤めました。この時期、店の客の一人から簡単にまとまった金を稼げる仕事があると言葉巧みに誘われて、連れ込まれたホテルで客を取らされました。そのとき盗撮された写真を夫に見せると脅されて、売春に引き込まれました。

そのうちに、今度は老人相互扶助サービスという会社の社員にさせられて、独り暮らしの老人の家に派遣され、介助しながら老人に取り入って、農場や自動販売機の権利や、貴金属の利殖委託などを売りつけさせられました。それが独り暮らしの老人からお金を巻き上げる詐欺とわかってはいても、弱みを握られているので断ることができませんでした。

でも、私が手先となって騙したお年寄りが、私が行かなくなってから断食をして亡くなっていたことを知り、私が殺したのと同じだとおもいました。もうこれ以上、悪魔の手先になって、身寄りのないお年寄りを騙すことはできません。詐欺グループの背後には、一誠会という暴力団がついています。なんでもその暴力団は政治家と手を結んで、お年寄りの詐欺だけではなく、女性の管理売春や、闇金融にも組織的に手を拡げているそうです。

たまたま岡野さんに伝《つて》があって、お噂をうかがいました。どうかお年寄りや、女性や、困っている人たちの弱みにつけ込んで甘い汁を吸っている悪の本体を懲らしめていただきたいのです」

と路子は訴えた。

老人詐欺や、その他一連の悪行の黒幕が政治家と手を結んだ一誠会と聞いて、奥はおもい当たることがあった。

その場の回答を保留して、いったん路子を帰した後、奥はおもい当たったことを岡野に告げた。

「一誠会と手を結んでいる政治家といえば、本堂政方以外には考えられませんが、本堂が悪の本体ですか」

「どうやらそのようですね。本堂は、表向きは要職をすべて辞しましたが、政界第三位の派閥の領袖として隠然たる勢力を残しています。派閥を養う巨額な資金源は一誠会です。これまで一誠会が糸を引く老人詐欺以下、一連の悪事が表沙汰にならなかったのは、本堂が手をまわして揉み消していたからでしょう。一誠会と本堂政方のつながりに絞って調べてみます」

と岡野は請け合った。

本堂政方と一誠会を相手にすることになれば、ふたたび政彦や串本と向かい合うことになるであろう。またチャモワリ兄弟の片割れも出てくるであろう。因縁の対決になりそうな予感がした。

奥は現在お尋ね者である。警察も当然出張《でば》って来るであろう。路子の依頼を引き受ければ、一誠会、串本、チャモワリ、そして警察を一手に相手にしなければならない。苦しい戦いになる。

路子の依頼を断ることはできる。だが、本堂政方を悪の本体と知っては、引き下がれない。因縁の相手であった。

本堂のような巨悪を許しておけば、これまで奥が依頼を引き受け、積み重ねてきた刺客《ボランティア》の意味が失われてしまう。本堂政方は息子の不祥事が公になって、一時、政治の表舞台から退いているが、引退したわけではない。ほとぼりが冷めるのを待って復活の機会を虎視眈々《こしたんたん》と狙っているにちがいない。

悪が権力を握れば、悪が法となり、正義となってしまう。法は権力者に都合よくつくられている。選挙によって国民から預けられた権力であっても、いったん手にしたからには私物化できる。それが権力というものが持つ独自の生命である。

アメリカ大統領が一人の判断によって戦争を引き起こし、日本の首相が選挙戦を有利に導く道具として憲法をいじくろうとしたことも、権力の持つ魔性の力である。

権力者は権力という魔法のランプを手にしている間に、したい放題のことをした後、失権しても権力を私物化した責任を取らない。仮に取りたくても取れなくなっている。

本堂政方のような人間に権力を握らせてはならない。

本堂とて一誠会と手を結んでいる危険性は百も承知であろう。だが、多年培ってきた悪魔との契約を、一朝にして覆すことはできない。一誠会との提携はすでに本堂という人間の構造となっているのである。

善い毒

1

静岡県熱海《あたみ》市域の相模《さがみ》湾に張り出した海蝕崖《かいしょくがい》、通称落下傘岬《らっかさんみさき》と呼ばれる崖の下に浮いていた若い女性の死体を、磯釣《いそづ》りに来た人が発見して、熱海署に届け出た。海面との高度差数十メートルの断崖絶壁は自殺の名所としても知られている。最近は界隈がレジャーランド化して、自殺者は少なくなっているが、忘れたころに投身者が出る。

熱海署員が臨場して収容した死体は、死後約十時間、深夜午前零時から二時ごろにかけて入水したものと推定された。

投身後、断崖の岩角や海面に牙を剝《む》く磯岩に接触したらしく、身体各所に打撲傷が認められた。

死体は収容後、司法解剖に付せられた。

解剖の結果、死因は頭部打撲による脳挫傷。

死後経過時間、解剖時よりさかのぼり二十時間。

肺胞内に若干の海水を吸い込んでいるところから、入水時まだ多少呼吸があったものと認められる。

自・他殺の別、不明。

生前の情交痕跡《こんせき》認められず。

死体の血液型はO型と鑑定された。

解剖所見は自・他殺の別について不明としているが、崖から転落した際、中腹の岩や、海面に露出している磯岩に接触して生じた損傷（特に頭部打撲）を死因と見ているようである。

警察にとって重要なことは、入水の動機である。本人の意志によって崖の上から身を投じたのか。あるいは本人の意志によらぬ強制された力によって海に投げ込まれたのか。死体は身許を示すようなものは身に着けていなかったが、報道に反応があった。

修整してマスコミに流した写真を見た東京のアパートの管理人が、入居者の女性に似ていると申し出てきたのである。

早速、その管理人に遺体の確認を依頼して、死者の身許が判明した。

名前は内村路子、二十八歳。未来ファミリアサービスという民間の老人奉仕会社の社員であった。

臨場して死体の揚収にあたった熱海署の菅野《すがの》という捜査員が、

「未来ファミリアサービスという老人奉仕会社は、昨今、老人相手の詐欺容疑をかけられて問題になっている会社じゃないかな」

と言い出したので、署内はにわかに緊張した。

独り暮らしの裕福な老人を対象に、美形の女子社員が巧みに取り入り、老後の貯金を騙し取る。老人には騙された意識がほとんどないので、被害が表に露れにくい。

「投身自殺をした者が身許を示すようなものを一切身に着けていないというのもおかしな話だ」

菅野は目を光らせた。

菅野がさらに内村路子の経歴を調べたところ、老人奉仕会社に入社する以前は、銀座六丁目の「ポルト」というクラブで働いていたことがわかった。銀座のクラブから民間の老人奉仕会社に鞍替えした経緯にも、なにかいわくがありそうであった。

ここに熱海署では内村路子の死因には殺人の疑い濃厚と見て、静岡県警に報告して、自・他殺両面捜査の構えで捜査本部を熱海署に設置した。

熱海署管内の崖から投身した老人奉仕会社女子社員の死因に疑惑が持たれて、熱海署に捜査本部が設置されたという報道に、棟居は注目した。

報道記事の中に、銀座のクラブ「ポルト」という名前を見つけた棟居の目が光った。「ポルト」は棟居が追っているボランティアの被害者・中岡春信の愛人・山野ひろみが勤めている店と同じ名前である。

住所は報道されていないが、銀座に同じ店名のクラブがあったとしても異とするに足りない。だが、一流クラブとして有名な店名が、同じ地域に複数あるとはおもえない。

熱海署の菅野とは、以前、捜査を協力したことがあって面識がある。棟居は早速、菅野に連絡を取った。

「やあ、棟居さんですか。お久しぶりですね」

菅野は懐かしそうに電話口で答えた。久闊《きゅうかつ》を叙した後、棟居は手短に用件を伝えた。

「それは同じ店にちがいありません。棟居さんのおっしゃる住所と合っています。そうでしたか。あの評判の悪い死に神医者の愛人が勤めているクラブでしたか。なにか因縁がありそうですね」

菅野も興味を持ったようである。彼も中岡がボランティアに襲われた事件は耳にしていたらしい。

「怪しげな気配がしきりにしますね。中岡がそちらの死体《ほとけ》に関わっているとすれば、この事件、根が深そうです」

「私は被害者と見ていますよ。被害者の前の職場の同僚が、死に神の愛人であるとなると見過ごせません」

菅野は内村路子の死因に最初に疑問を持っただけに、棟居の情報を重視したらしい。

「ご一緒に被害者と山野ひろみ、また中岡院長との関わりを掘り下げてみませんか」

棟居が提案した。

「願ってもないことです」

二人は今後の協力を約した。

2

奥は岡野にこの依頼を引き受けることを伝えた。岡野は喜んだ。

「奥さんが引き受けなければ、私が引き受けようかとおもっていたくらいでした。彼らを野放しにはできない。あいつらは社会の害虫です。害虫は無数にいますが、あいつらは権力を私物化し、グローバルな規模で社会に害をなしている。毒は毒を以《もっ》て制するといいます」

「私らは毒ですか」

「まさか薬とはおもっていないでしょう。でも、毒は毒でも善《よ》い毒ですよ」

「なるほど、善い毒ですか。その言葉、気に入りましたね」

二人はしっかりと手を握り合った。

内村路子を、投身自殺を偽装して殺害したのは、老人詐欺一味にちがいない。警察も彼女の死因に疑惑を持って捜査本部を設置している。奥は犯人一味を許せぬとおもった。

彼らは老人を食いものにして飽き足らず、女性の弱みにつけ込んで手先に使い、弊履を捨てるように殺した。まさに使い捨てであった。失踪した女性の中には、彼らに使い捨てられた者も含まれているかもしれない。

奥は警察に任せておけなかった。犯人は老人詐欺一味にちがいないという心証を持っていても、動かぬ証拠がない限り警察は逮捕できない。その間に証拠を隠滅され、逃亡の距離と時間を稼がれてしまう。たとえ逮捕したとしても、有能な弁護士を雇い、黒を白と言いくるめる。有罪に持ち込んだとしても、犯した罪に対して被害者が決して納得できないほどに安い（量刑が軽い）。

そこに奥の出番がある。彼は被害者、およびその家族や遺族を心身共に救済する民間の救急車だとおもっている。

この度の奥のターゲットは、これまで膺懲《ようちょう》してきたターゲットの中で最も悪質である。

奥は内村路子の死に責任をおぼえていた。岡野が彼女を連れて来たとき、彼女を保護していれば死なずにすんだかもしれない。岡野に路子を引き合わされた時点では、依頼を引き受けるべきかどうか迷っていた。

路子が辞去した後、悪の本体が本堂政方ではないかとおもい当たって、依頼を引き受けようかという気持ちになったのである。なぜ、あのときもっと素早く行動しなかったのか。奥は悔やんでも悔やみきれぬおもいであった。

路子が岡野と接触して、奥に依頼しに来たくらいであるから、一味からも「危険な女」としてマークされていたのであろう。彼女が置かれていた危険な立場に、もっと早くおもい当たるべきであった。被害者の救急車としてレスポンスが遅すぎたのである。

奥は警察よりも早く内村路子と接触しているので、警察に先行している。警察はまだおそらく老人詐欺一味と本堂政方との関係には気づいていないであろう。仮に気づいていたとしても、心証だけでは本堂に手を出せない。

派閥の領袖や党の要職、その他すべての名誉職を辞任したとはいえ、依然として政・財界に隠然たる勢力を張っている。ほとぼりが冷めるまで、政治の表舞台から一時おりているだけである。内村路子に直接手を下した犯人は、末端の道具にすぎない。

トカゲの尻尾としてあっさり切り捨て、一誠会はもとより、悪の元凶はびくともしない構造になっている。

警察が捕まえられるのは、せいぜいトカゲの尻尾である。

奥のターゲットは悪の本体にある。本体の構造を徹底的に破壊して、元凶の心臓を貫かぬ限り、死者の遺恨は償えない。

「今度のターゲットが最後のターゲットになるな」

奥はつぶやいた。

これまでのターゲットは、いずれも社会の害虫であったが、小粒であった。悪性は強いが、それぞれ孤立、分散していた。

今度のターゲットはちがう。本堂政方は息子を庇護するために奥の敵性となったが、今度は自分自身を守るために総力を挙げるであろう。また串本も本堂の私兵として、政彦の用心棒を務めたが、一誠会の覇権を握り、我が身の安全保障のために全力で立ち向かうであろう。

死に神・中岡春信も患客に有力者を多く持っている。奥に対する私怨から、本堂や串本に協力すれば、中岡の人脈は侮り難い戦力となる。彼らに加えて警察も味方ではない。

巨大な連合軍に対して、どのように戦うか。標的は本堂政方である。彼さえ叩き潰せば政彦は自動的に消滅する。串本は侮り難い。我が方の利点は、本堂政方が奥の最後のターゲットにされていることにまだ気がついていない可能性である。だが、その利点も、串本が報《しら》せれば失われてしまう。

岡野と相談した。

「本堂政方はまだ気がついていないはずです。彼は党関係の要職を退いた後、自粛しています。一誠会やその幹部、串本とは距離を保つはずです」

「警察は本堂をマークしていませんか」

「いまのところは……。しかし、時間の問題ですね。一誠会が本堂の主たる資金源であることは公然の秘密です。老人詐欺一味の背後には一誠会がいます。老人詐欺は一誠会にとって重要な収入源《シノギ》なのです。つまり、老人詐欺は本堂政方の孫資金源ということになりますか。いや、子資金源かな」

「内村路子さんは本堂政方の資金源の人柱とされたわけですか」

「その通りです。ほかにも多数の人柱がいるでしょう。係累のない失踪者や、捜索願を出されていない蒸発者などが人柱にされた可能性が高いですね。命までは奪われなかったとしても、一誠会に骨までしゃぶられてしまった者は多いですよ。

ところで、本堂政方をターゲットとして、どのように攻めるつもりですか」

岡野が奥の表情を探った。

奥の膺懲《こらしめ》は決して命までは奪わない。命を奪わずして、二度と悪を犯せぬような心身の打撃《ダメージ》をあたえる。

「本堂にとっては、肉体よりも精神に対するダメージが効果的です。どんなダメージを加えるべきか、目下模索中です」

と奥は言った。息子の政彦や中岡医師に加えたようなダメージは、本堂政方に対してはあまり意味がない。単に肉体の傷害にすぎない。そんな傷害であれば、政方は速やかに立ち直ってしまうであろう。

「本堂が二度と立ち直れぬような恰好の手がありますよ」

岡野の目が底光りした。岡野がそんな目をするときは、危険な企みを抱いているときである。

「なんですか、その恰好の手とは……」

「彼は葉っぱを吸います」

「葉っぱを吸う……」

奥は岡野の言葉の意味を取り損なった。

「大麻です。彼は密かに大麻を吸っていました」

「本当ですか」

奥は一瞬、我が耳を疑った。いかに悪の元凶であろうと、いや、元凶であればこそ、自分自身は悪自体の持つ毒性には触れないように、安全装置《フェイルセーフ》を備えているのが通常である。

政権党の要人ともあろう者が、国禁の大麻を吸引しているとはすぐには信じられない。

「極秘ルートから得た情報ですがね。確認はまだ取っていませんが、本堂の愛人ルートから洩れた情報なので、かなり信憑性は高いとおもいますよ」

「本堂の愛人……」

「これがなかなかのタマでしてね、彼に葉っぱを勧めたのも、彼女だそうです。本堂は葉っぱを吸う前に女に骨抜きにされています」

「本堂ともあろう者が大麻を吸うとは、いや、驚きました」

「現在は吸っていないかもしれませんが、以前吸っていた事実を公にするだけで致命傷になります」

「政彦は汚染されていないのですか」

「本堂はドラッグの怖さを身に沁みて知っているだけに、息子には固く禁じているそうです。本堂はドラッグ撲滅《ぼくめつ》運動の音頭取りをしていますよ。彼の住居、いや、愛人の家に葉っぱ一枚でも発見すれば、しめたもんです」

「愛人の家には頻繁に通っているのですか」

「本堂には女は何人かいますが、ほとんどがその場限りです。しかし、この愛人とは長くつづいています。そして、その関係を伏せています。これには事情があります」

岡野はにやりと笑った。だが、目は笑っていない。まだなにか極秘情報をくわえているらしい。奥が目顔で促すと、

「本堂の秘密の愛人は、どうやら一誠会の総帥・立林無人から賄賂として贈られた女のようです。一誠会は組のポリシーとして一枚岩の団結、堅気への協力、麻薬厳禁の三項目を掲げています。ところが、本堂に贈った賄賂の女が麻薬に汚染されていました。立林もそのことを知らなかったようです。まさか賄賂の目的物が組の禁制としている麻薬に汚染されていようとは、だれもおもってもいなかったようです。まして、ただの賄賂ではない。一誠会の最大の庇護者である本堂政方に充てた賄賂です。極上の女を賄賂として選んだはずでした。

女はたしかに上等で、本堂政方は完全に女の虜にされてしまったというわけです。本堂自身も当時は、まさか賄賂として贈られた女が、そんな毒を抱えていようとは夢にもおもわなかったようです。こうして女の虜になった本堂は、女が体内に孕《はら》んでいた毒に汚染されてしまった。気がついたときは、女以上に麻薬の囚人になっていました。彼はその事実をひた隠しに隠しています。さすがに本堂もその危険性に気がついて自粛しているようですが、要路の政治家が過去、麻薬に汚染されていたという事実

が公になるだけで致命的です」

岡野は容易ならぬ情報をもたらした。奥は、改めて岡野の情報収集力に驚嘆した。彼が集める情報には凄まじい破壊力がある。

「本堂政方が立林から賄賂に贈られたという女性の名前はわかっているのですか」

奥は驚きを抑えて問うた。

「わかっています。いまの情報はすべてその女の口から聞いたものです」

「賄賂の女性の口から……直接に……」

奥はますますもって驚いた。賄賂とされた本体から洩れた情報であれば、信憑性は極めて高い。どうして本堂の愛人が彼の政治的、社会的生命に関わるような秘密を洩らしたのか。

奥の疑問に答えるように岡野は、

「女の恨みは怖いですね。本堂に最近、新しい愛人ができたのですよ。彼の関心が愛人の方に傾いてしまったのを恨んでいます。知りすぎた女を怒らせると怖い。さすがの闇将軍も女に目がくらんだようです」

「本堂が目がくらんだという新しい愛人の素性もわかっているのでしょう」

それがわかっているので、岡野もつかんだ情報に自信を持っているのであろう。

「もちろんわかっていますよ。ポルトのママです」

「ポルトというと、内村路子が一時働いていた銀座のクラブの……」

「そうです。中岡の愛人・山野ひろみの職場でもあります。そこのママ・柚木《ゆき》まさみが本堂政方の新しい愛人です」

「本堂がポルトのママと……」

「財界の後援者に連れて行かれて、柚木まさみにくわえ込まれてしまったようです」

「それにしても、本堂政方のスタミナは凄いですね。彼は腎臓の移植手術を中岡に仲介してもらったと聞いていますが」

「手術後、調子がいいようです。腎臓は二つあり、一つでも精力旺盛な人間はいますよ。麻薬を自粛したのも、健康によかったようです。そのことも古い愛人の恨みを買ったらしい」

「政治家としての保身のためだけではなく、健康上の理由もあって自粛したわけですか。その古い愛人とはどんな女性ですか」

「それがね、奇《く》しき因縁といいますか、賄賂にされる前は串本英介と関係があったようです。このことは確認はされていませんがね」

「串本と……」

「その女は元教師でしてね、串本は彼女の教え子だったそうです」

「まさか……四宮麗子ではないでしょうね」

「なんだ、知っていたのですか」

岡野が驚いたように言った。彼の言葉は意外な再会を裏づけていた。

四宮麗子は奥の中学時代の偶像であった。その偶像を串本が破壊した。破壊しただけではなく、その後も麗子と関係をつづけ、彼女を本堂政方に賄賂として〝献上〟したのである。

串本は一誠会が麻薬禁制にする以前、麻薬を扱っていた疑いがある。その当時、串本が麗子を汚染したのであろう。彼女を本堂政方に献じた真の贈り主は立林無人ではなく、串本であったのかもしれない。

「奥さんはどうして四宮麗子の名前を知っているのですか」

岡野が反問してきた。奥は麗子と串本との因縁を岡野に告げた。

「なるほど。そんな深い因縁があったとは知りませんでしたね。そうと知れば、私もますます気合いが入ります。四宮麗子は串本も恨んでいるでしょう。なにせ自分をレイプした上に、賄賂にしてほかの男にまわしたのですからね。麗子をうまく確保すれば、本堂政方以下一味を一網打尽にできるかもしれません」

「四宮麗子先生に会ってみようかとおもいます」

「奥さんが……四宮に」

「彼女はきっと私をおぼえています。このごろになって、彼女が串本にレイプされたとき、私が見ていたことを知っていたような気がするのです」

「知っていながら、そんな声を出したのですか」

奥が麗子を救うために飛び出そうとした直前、彼女の口から洩れた言葉のことを岡野は言っている。

「もしかすると、彼女は、私を救うために心にもない声を洩らしたのかもしれません」

麗子は当時の奥が串本の敵ではないことを知っていた。奥が出て行けば、串本にどんな目に遭わされるかわからない。また麗子自身も女教師と生徒のセックススキャンダルとして露出されてしまう。

「あり得ますね。それは麗子を我が方に確保しやすい状況ですよ。危険は伴いますが、会ってみる価値はあります」

岡野は賛成した。

「段取りは私がつけましょう。麗子が本堂にまだ未練を持っていれば、罠を張られる危険があります。しかし、本堂の命取りになるような秘密をリークしたくらいですから、その危険性は低いでしょう。少なくとも彼女は串本に対しては怒っていますよ。自分本堂政方のように、一時ほかの女に心を移したというのとは性質がちがいます。自分を賄賂にして他の男にまわした。悪質です。本堂は串本の大スポンサーです。彼を完全に破滅させれば、串本も連鎖的に破滅します。麗子の狙いはそこにあるのかもしれない」

奥と岡野の間でにわかに計画が具体化してきた。

岡野の行動はいつもながらに早かった。二日後、岡野が報告に来た。

「四宮麗子は奥さんのことをよくおぼえていましたよ。懐かしがって、とても会いたいと言っていました。もちろん必要以外のことは伏せていますがね」

四宮麗子は奥の現在の正体を知らない。昔の教え子の消息を知らされて、懐旧の念から会いたいと言っているのであろう。岡野の段取りであるだけに、その辺はうまく辻褄《つじつま》を合わせているにちがいない。まさか奥が刺客《ボランティア》であるとはおもいもしないであろう。

奥は再会の場所に、水沢潤子と初めてのデートをした同じ新宿のホテルにあるカフェテラスを選んだ。潤子と会ったときはべつに危険はなかったが、場所を変えた。四宮麗子との再会は潤子の比ではない危険性が高い。それだけに、高層階は客が少なく、危険な気配があれば察知しやすいが、同時に、高層階に位置しているので、出入口を塞がれやすい。

一階のカフェテラスであれば屋外に張り出しており、逃走は自在である。館外はもとより、館内に逃げ込むこともできる。地下に潜ってもよいし、逆に上層階に駆け上ってもよい。

当日、奥は約束の時間よりも早く、向かいのビルの二階にあるレストランの窓際に席を占めて、ホテルのカフェテラスを見張っていた。この位置からカフェテラスが俯瞰できる。怪しげな者の気配があればすぐにわかる。

刻限少し前に、四宮麗子が姿を現わした。距離があったが、すぐにわかった。彼らの間には二十年を超える時間の壁があるはずであったが、遠目ながら麗子は当時の偶像としての面影を留めている。

窓越しの距離があるだけに、破壊された偶像は青春の幻影のように見えた。陰供（隠れた護衛）や尾行その他、危険な動きは認められない。なにか不自然なものがあれば、奥の天性の自衛本能と経験に磨かれたアンテナに触れるはずである。

奥は安全を確認してレストランを出ると、カフェテラスに先着している四宮麗子の方に近づいて行った。距離を詰めても、四宮麗子はかつての偶像としての気品を留めていた。当時よりは少しふくよかになっているようであるが、それが成熟した艶となっている。それを包むシンプルではあるが上品な仕立てのスーツが、熟した身体の気品のある抑制となっている。

麗子は近づいて来た奥に視線を向けて、はっとしたような表情をした。

「先生、お久しぶりです」

麗子の前に立って挨拶をした奥に、

「奥君、あなたなのね。見ちがえるほど立派になって……」

と少しかすれたような声で言った。

「先生は少しもお変わりなくお元気のご様子で……」

おもわず固くなって挨拶した奥に、

「奥君、なによ。そんな他人行儀に。奥君らしくないわよ」

「私はいつも同じです」

「ちっとも同じではないわよ。声をかけられなければわからなかったわ」

「先生はあのころとほとんど変わっていません。私はすぐわかりました」

「すっかりおばあちゃんになっちゃったわよ。恥ずかしいわ」

そんな含羞《がんしゅう》の風情が、当時の初々しい偶像とほとんど変わっていない。

再会の挨拶と、往時の想い出話がしばし弾んだ後、

「奥君から会いたいと人を介して伝えられたときは、本当にびっくりしたわ。でも、どうして私の居所がわかったの」

と麗子は問うた。

「先生とお会いする段取りをつけてくれた知人が偶然、先生の消息を伝えてくれました。知人も先生と私が師弟であったことを知らずに、なにげなく話題にしたのです。

私も最初は同姓同名の別人かとおもったのですが、念のために確かめて、先生ご本人であることがわかりました」

「あまりよい消息ではなかったんでしょうね。でもいいの。いまさら隠すつもりはないし、こうして奥君と会えただけでも嬉しいわ」

麗子は改めて奥と視線を合わせた。奥との再会の段取りをつけた知人（岡野）との関係もあえて伏せたままである。その方が双方にとって都合がよさそうな雰囲気をたがいに感じ取っている。

麗子は彼女の現在の境遇を奥が知っていることを察知しているらしい。やはり二人の間には、偶像としての女性教師と中学生から二十数年の歳月が経過していた。

「奥君」

麗子は表情と共に改めた口調で言った。突然、教師時代の彼女に戻ったような感じであった。奥もおもわず姿勢を改めた。

「私、知っていたのよ」

「は」

「あのとき奥君が見ていたのを」

やっぱり……と奥はおもった。返すべき言葉がない。

「奥君が私を救おうとして飛び出そうとしたとき、私が言った言葉をおぼえている？」

奥は黙ったままうなずいた。あの一言が奥の偶像を破壊したのである。

「先生は、私を救おうとして、心にもないことを言ったのですね」

「串本は残忍な人間よ。あのとき奥君が飛び出していれば、あなたはいまここにいられなかったかもしれないわ。また私自身も困ったことになったわ。でも、それだけじゃないの」

「それだけではない……」

「私、あのとき奥君に見られていると知ったとき、あなたにレイプされているような気がしたの」

「まさか……」

麗子の意外な言葉がすぐには信じられなかった。

「本当よ。奥君に犯されているとおもったら、あの言葉が口から洩れてしまったの」

「先生……」

「いつかそのことを奥君に告げたいとおもっていたわ。ずいぶん遅くなってしまったけれど、本当よ」

麗子の目が燃えているように見えた。偶像がクラスの中でも目立たない奥を、そのようにマークしていたことが信じられない。彼女は久しぶりに再会した昔の生徒をからかっているのではないのか。

「あなたの見ている前で串本にレイプされたことが、その後の私の人生を変えたわ。私、いつになるか、どんな形になるかわからないけれど、串本に必ず復讐することを誓ったの。その後、串本の言いなりになって暮らしたのも、彼に対する恨みを忘れないためよ。その後の私の人生は、串本への復讐が生き甲斐になったの。妙な心理でしょう。復讐するために仇の言いなりになっている。そうすることによって恨みの燃料が補給されて、恨みの炎が強くなってくるの。マゾヒスティックな快感があったわ。

奥君が私の住所を知って連絡してきたということは、私が現在置かれている環境をある程度知っているとおもうわ。奥君にお願いがあるの」

彼女の目に燃えていたのは恨みであったのか。その炎が少し薄れて、すがるような目つきになった。

「私の復讐を手伝ってほしいの」

「先生、もしかして……」

奥は言おうとした後の言葉を喉の奥に呑み込んだ。麗子はもしかすると奥の正体を知っていて、〝仕事〟を依頼しようとしているのではないのか。この会見は師弟の再会ではなく、クライアントのプロフェッショナルに対する依頼ではなかろうか。

「あなたは、あなた自身が自覚していなかった恐い才能を秘めた、クラスでは最も目立たない少年だったわ。でも、私には見えたの。あなたの身体から発する不気味な光が。恐い光と言ってもよいわ。私、あなたにはきっとその光源になっている恐ろしい才能が隠れているにちがいないとおもったの。串本に犯された少し前、全校の番長が長坂で自転車のスピード出しすぎで死んだわね。私、番長の死は奥君の仕業ではないかとおもったの。いまでもそうおもっている。私の勘ちがいかもしれないけれど、勘ちがいならそれでもいいの。奥君なら、私のために串本に復讐してくれるような気がするのよ」

「おっしゃる通り、先生の勘ちがいですよ。私にはそんな恐い隠れた能力はありません」

奥は平静を装って答えた。四宮麗子が番長の死因まで奥の仕業と見抜いていようとはおもわなかった。だれにも気づかれなかった完全犯罪であると自負していた。それを麗子一人が真相を見抜いていたのである。麗子は奥の正体を知っている。

「いいのよ、べつに気にかけなくとも。気が向かなければ聞き流してちょうだい。私の勝手なおもい込みだけで言っていることですから。でも、私はあなたを信じているわ。あなたの中に隠れている恐い才能を。少しでもその才能を私のために役立ててもよいとおもうことがあったら、私の復讐を手伝ってね。私はいまそのためだけに生きているの。私の人生は復讐のためにあるのよ。どんな生き甲斐であっても、生き甲斐があるということはハッピーかもね。これをご縁に、また時どきお逢いしたいわ。今度は静かな場所でゆっくりとお食事でもしましょう」

最初は燃え、次にすがりつくようであった麗子の目が、誘い、挑むような色に塗られた。奥はそのとき、彼女から吹きつけるようなフェロモンを嗅いだ。それは蛍の光が明滅する中で運命の出逢いをした水沢潤子の面影を圧倒するような挑発であった。

怨念の維持《メンテナンス》

1

四宮麗子との再会は奥に強い衝撃をあたえた。彼女は奥の正体を知っていて、依頼をしてきている。奥が断らない、いや、断れないことも予測している。

麗子は本堂政方、政彦、串本、中岡春信、そして内村路子の投身に至るまでの一連の事件に奥が関わっていると推測しているようである。となれば、奥が本堂政方を中心とする組織との正面対決を避けられないコーナーに追いつめられていることを知っているのであろう。それを承知で依頼してきたのかもしれない。

奥は四宮麗子との再会の結果を岡野に伝えた。

「それで、彼女の依頼を引き受けますか」

岡野は問うた。岡野も彼女が奥になにかを依頼するような気配を察知していたようである。岡野が事前に奥の正体をクライアント（予定者）に告げることはない。

「四宮麗子がクライアントになってくれれば、百万の味方を得たようなものです。彼女は本堂や串本の弱みを知り尽くしています」

岡野は言った。岡野の言葉はすでに奥が麗子の依頼を引き受けることを前提にしている。

（麗子を餌にして罠を仕掛けているのではあるまいか）

一瞬、一抹の疑念が奥の意識をかすめた。仮にそうであるとしても、奥には避けるつもりはない。もはや進むしか道はないのである。

奥は岡野に麗子の依頼を引き受ける旨を伝えると同時に、自ら彼女に連絡を取った。別れしな、二人は携帯のナンバーを交換していた。

「先日の件ですが、微力ながら先生の復讐のお手伝いをしたいとおもいます」

「嬉しいわ。あなたはきっとそう言ってくださるとおもっていました。奥君が力を貸してくれれば、私の復讐は成就したようなものよ。どんなお礼でもするわ」

電話口で麗子の声が喜びに弾んでいた。

「お礼などはいりませんよ。先生へのご恩返しです」

「私、奥君に恩を返されるようなことはなにもしていないわ」

「私の恩師です。恩師を辱《はずかし》めた人間を私は許せません」

「私にできることがあったらなんでも言ってください。その前に静かなところでゆっくり食事を摂りながら復讐の作戦を練りたいわ」

麗子の声が電話口で喘《あえ》いでいるように聞こえた。電話を通してフェロモンが吹きつけてきた。そのとき奥は、心の奥で偶像は少しも破壊されていないことを知った。破壊するとすれば、奥自身である。巨大な敵性集団と対決する前に、青春の偶像と向かい合わなければならない。奥は偶像に対して覚悟を強いられることになった。

2

熱海署の捜査本部は立ち上がりから難航していた。当初、犯人の逮捕は時間の問題と考えられていたが、容疑者の特定ができない。

被害者が所属していた一誠会系のフロント企業・未来ファミリアサービスが浮上したが、すでに倒産しており、社長以下、社員および関係者は八方に散っている。老人詐欺の手先とされた被害者が、その秘密を知りすぎたために口を封じられた疑いが濃厚であるが、直接手を下した犯人も、おそらく一味の道具にすぎないであろう。悪の本体は犯人をトカゲの尻尾として切り離してしまっているにちがいない。

熱海署に設置された捜査本部では、警視庁捜査一課の棟居や、厚木署の松家らと連携を密にしながら捜査を進めていたが、目ぼしい成果はない。

八方塞がりの状況に陥ったとき、一片の情報が持ち込まれた。それは被害者・内村路子の夫・浩《ひろし》からの提供であった。

それは一枚の写真である。提供に際して、内村は次のように申し添えた。

「家内の遺品を整理していると、彼女が愛用していたバッグの底に、この写真がありました。妻と共に一人の女性が写っていますが、その顔におぼえがあります。私を当て逃げした加害車に同乗していた女です」

「奥さんと一緒に写っている女性が車を運転していたのですか」

捜査員は問うた。

「いいえ、その女は助手席に乗っていました。運転者は見えませんでした。その女は私を当て逃げした犯人を知っているはずです。妻を殺した犯人とは直接の関係はないかとおもいますが、私を車椅子に縛りつけた犯人の車に同乗していた女が妻と知り合いであったということが、なにかお役に立つのではないかとおもいまして、連絡しました」

と内村浩は言った。

捜査本部はこの情報を重視した。

写真は屋内で撮影したらしく、内村路子と三十代後半と見える和服の女性が写っている。着こなしが艶っぽく、年季が入っているようである。撮影場所もクラブのような環境である。

菅野は写真を仔細に観察した。一見、ツーショットのようであったが、よく見ると、その和服の女性の隣りに、かすかに第三の人物の袖が覗いている。袖のほんの一部分であるが、男のようである。おそらくクラブのような場所に屯《たむろ》している数人のグループのうちの二人を撮影したのであろう。撮影日付は写し込まれていない。

菅野は内村が一時、銀座のクラブ「ポルト」で働いていたことをおもった。撮影場所はポルトであるかもしれない。もしその推測が当たっていれば、ツーショットの片割れはポルトの女性である可能性が高い。ポルトの女性が内村浩の当て逃げ加害車に同乗していたとなると、見過ごせなくなる。菅野の目が光ってきた。

撮影場所が東京となると、棟居の縄張り《テリトリー》になる。棟居の情報によると、ポルトのホステス・山野ひろみはボランティアの被害者である中岡医師の愛人であるという。ポルトにも捜査の触手を延ばしているにちがいない。棟居が写真の女の素性を知っているかもしれない。

菅野は提供写真を、入手経緯を説明したメールに添えて、棟居に送った。棟居の反応は早かった。

「内村路子と一緒に写っている女性は、ポルトのママ・柚木まさみです」

「すると、ポルトのママが内村路子の夫当て逃げの共犯ということになりますね」

路子と柚木まさみがツーショットにおさまっていても不思議はないが、内村浩の当て逃げ共犯者となると穏やかではなくなる。

「菅野さん、当て逃げを内村路子の殺害動機とお考えですか」

棟居も菅野の胸の内を読んだらしい。

「いや、まだそこまでは考えていませんが、可能性の一つには数えられるとおもいます」

「そうですね。柚木まさみは当て逃げした被害者の妻を内村路子と知って、脅威をおぼえたかもしれませんね」

「柚木まさみよりも加害車を運転していた犯人が脅威をおぼえたかもしれません」

「内村路子はその件についてなにか知っていたでしょうか」

「内村路子が柚木まさみを夫当て逃げの共犯者と知れば、黙ってはいないはずですが、内村は妻からなにも聞いていないようです。ただ、加害者にしてみれば、自分が当て逃げした被害者の妻がポルトにいるということ自体が不気味であり、脅威であったかもしれませんね」

「たしかに可能性の一つとしては考えられます。柚木まさみを掘り下げてみましょうか」

「ぜひ。とにかく捜査会議にのせてみます」

低迷していた捜査に、わずかではあったがようやく触れてきた魚信《あたり》である。

「もし当て逃げ犯人が脅威をおぼえたのであれば、妻ではなく、被害者本人に対して行動を起こすのではないのか。それが被害者を放置しておいて、妻の口を封じたというのはおかしい」

「仮に、まず被害者の妻の口を封じたとしても、被害者を放置していたのでは、意味がない。夫の当て逃げ被害が内村路子の死因と関わりがあるとはおもえない」

反論が続出した。おおよそ推測されていたような反論であった。

「ご意見の通りだとおもいます。しかし、現在まで犯人に結びつくような情報はなにもありません。内村路子が籍を置いていた会社はとうに倒産しており、社員の行方もわからない現在、路子の夫の証言と提供写真は無視できないとおもいます。夫は路子のツーショットの片割れが加害車に同乗していたと証言しています。夫を当て逃げした共犯者は、その妻が不審死を遂げたいま、無視できないとおもいます。少しでも可能性がある限り、追及していくのが我々の仕事ではありませんか」

と菅野に正論を主張されて、会議の大勢が傾いてきた。低迷をつづけていた捜査本部にとっては、内村浩が提供した一枚の写真が波紋の源であることは確かであった。

竿の先端に伝わったわずかな魚信《あたり》であるが、捜査本部の照準がようやく定まった。

3

「なんたるばかな真似を。そのためにおまえをつけておる。へたをすると会の命取りになるばかりか、本堂先生にもご迷惑をかけることになるぞ。この決着《オトシマエ》はどうつけるつもりだ」

一誠会総帥・立林無人は怒り心頭に発していた。彼の前で串本英介以下、幹部たちは俯いたまま面を上げられない。内村路子の死因が一誠会の偽装企業の仕業であることが耳に入り、立林無人は愕然として顔色を失った。

これまで幹部一同が立林の耳に入れぬよう、関係者に箝口令《かんこうれい》を布いていたのであるが、洩れ聞いてしまったようである。老人詐欺の道具として使っていたフロント企業の女子社員が内部告発をしそうな気配に怯えて、先走ってしまったのであろう。

彼女の死因に不審を抱いた警察が捜査本部を設置して、本格的に捜査を始めたという。

「会長、どうぞご心配なく。会長や本堂先生には一切累《るい》が及ばぬようにしております」

立林の怒りの言葉の間隙を縫って、串本がようやく言葉を差し挟んだ。

「当たり前だ。女の一人や二人が死んで、累を及ぼすようでは、なんのためにおまえらを養っているか。だが、いくらトカゲの尻尾を切っても、一誠会の尻尾であることには変わりない。警察が一誠会や本堂先生を疑うのは必至だ。警察の疑いを我が方に向けさせるだけでもドジなんだよ。昔のように派手にドンパチやって、殺し合いをした時代とは時代が変わっているんだ。人を殺せば高くつくことぐらい、おまえらも知っているだろう」

「まことに申し開きもございませんが、証拠はありません。証拠がない限り、警察は手をつけられません。なにとぞご安堵くださいますよう」

串本は懸命に立林の不安をなだめた。

要するに、立林としては本堂よりは自分の身を案じているのである。たかが一人の末端女子社員の死によって、一誠会総帥の地位を脅かされてはならない。彼は加齢と共に臆病になっていた。

一枚岩の団結をモットーとする一誠会自体が、立林の指導力の低下に伴い、たがが緩んできている。そこにきて、内村路子の死は警察に絶好の攻め口をあたえてしまったような気がしているのである。

「警察よりも警戒しなければならない相手がいます」

串本が立林の不安をなだめる一方で、妙なことを言い出した。

「警察よりも警戒すべき相手とは、だれだ」

立林が不安の色を面に塗った。

「昨今、小うるさい動きをしているボランティアです」

「ボランティア？　本堂先生の若のバナナと、死に神・中岡の指《エンコ》を切り落としたという、あの刺客のことか」

「そうです」

「そのボランティアが、なんの関わりがあるのか」

「女子社員が死ぬ前、どうもボランティアに依頼した気配があります」

「依頼？　なにを依頼したんだ」

立林の不安の色が濃くなっている。

「つまり、手先となって年寄りをたぶらかすのがいやになり、会社や一誠会を懲らしめてくれと依頼したらしいのです」

「一誠会を懲らしめるだと。そんなことを女が依頼したというのか」

「どうもそのようです。それがあったので、子会社が慌てて女の口を封じたようです」

「ボランティアに依頼した後、女の口を塞いだところで仕方がないだろう」

「懲罰です。私が事前に知っていれば止めたのですが」

「つまり、ボランティアが女の復讐に来るというのか」

「その危険性は多分にあります。これまでのボランティアのやり方を見ても、このまま黙っているとはおもえません」

「女の復讐といっても、トカゲの尻尾はとうに切り離してあり、なんの証拠もない。見当ちがいではないか」

「ボランティアは、元凶は一誠会であり、本堂先生と見当をつけています。彼は警察とちがい、証拠を必要としません。自分の見当だけで動きます。あながち、その見当は誤っていません」

「なにを言うか。見当ちがいもはなはだしい。末端が先走ったことに、いちいち責任は取れない。おまえらのレベルで必ず決着《オトシマエ》をつけろ」

立林は不安を紛らすように強い声を発した。

「もちろんでございます。会長は高みの見物をしていてください。ボランティアが見当ちがいの鉾先を向けてくるということは、我が方にとって絶好の機会です」

串本は自信をもって言った。

「絶好の機会だと?」

「はい。罠を仕掛けます。かかれば絶対に外せない精巧な罠を」

「罠……」

「若の仇を討つ絶好の機会でもあります。今度こそ、野郎を逃がしません。必ず仕留めてご覧に入れます」

「どんな罠を仕掛けるつもりだ」

立林は興味を持ったようである。

「水沢潤子を罠の餌に使います」

「水沢潤子……」

「私の収入源《シノギ》の一つ、新宿のデートクラブ『モナリザ』にいた女ですよ。といってもご存じないでしょうが、ボランティアの情婦です」

「本堂先生の若がボランティアにバナナを切られたとき、ダンスのパートナーをしていたという女だろう」

「そうです」

「地下に潜っているのでは、餌に使えないだろう」

「潤子が勤めていたモナリザのママ・諸橋《もろはし》志穂《しほ》は潤子の所在を知っているとおもいます。彼女を締め上げれば、潤子を押さえられます」

「ボランティアにかくまわれている潤子が、たやすく居場所を諸橋におしえるかな」

「諸橋はただの雇い主ではありません。潤子の母親代わりです。潤子が家出をして転がり込んで来たときから面倒をみていました」

「親代わりが娘を客に出すか」

「潤子の希望ですよ。潤子がぜひ客につきたいと希望したそうです。実家が、面白くなくて家出したようですが、自暴自棄になっていたのでしょう。ところが、ボランティアに助けられて、彼を愛してしまった。潤子を我が方の手に押さえれば、ボランティアは必ず出て来ます」

「悪くない手だとおもうが、ボランティアがそんな見え透いた罠にかかるかな」

「ボランティアはすでに何度か潤子を救っています。必ず引っかかりますよ」

串本の口調には自信がある。

「任せる。このままボランティアにやられっぱなしでいれば、一誠会の面目玉は潰されたままだ。きっと落とし前をつけろ」

「ご心配なく。内村路子の一件もボランティアに押しつけてしまいます」

「そうだ。それが本命だった」

立林はようやく会議の本命目的をおもいだしたようである。

4

四宮麗子との意外な再会は、奥に強い衝撃をあたえた。彼女の言葉を鵜呑みにはできないが、番長の死因を奥に結びつけていたことには驚いた。

麗子自身が罠の仕掛けではないかと疑えば疑える。だが、串本にレイプされたとき、奥を救うために心にもないよがり声をあげたという言葉には信憑性がある。たしかにあのとき奥が出て行けば、彼女と奥にとって致命的な結果になっていたであろう。彼女は自衛と同時に奥を救ったことになる。

それにしても、串本に犯されている最中、相手を串本と奥とすり替えて、おもわずあの声を発したとは、なんと挑発的な言葉であろう。犯した相手が奥であったなら、あの声は自発的であったのか。一種の〝廃物利用〟の声であったのかもしれない。

いずれにしても、麗子の串本に向ける怨念は演技ではないとおもった。彼女は串本に辱められた恨みを生き甲斐にしてきた。その生き甲斐を維持するために、串本に操られるまま賄賂となって本堂の許に行った。怨念の維持《メンテナンス》のためにあえて賄賂とされたとは、なんという執念深さか。奥は麗子の執念に賭けようとおもった。

「四宮麗子は危険な戦力ではあっても強力です。奥さん、どうです、おもいきってその戦力に保険を掛けませんか」

「保険を掛ける?」

奥は岡野の言葉の意味を束の間取り損なった。

「お話の様子では、四宮麗子は奥さんに気がありますね。挑発しています。挑発に乗ってはどうですか。危険な女ですが、なかなか魅力的ですよ」

岡野が奥の顔色を探るように見た。奥は一瞬、返す言葉に詰まった。麗子は奥の壊れた青春の偶像である。偶像が壊れたからといって、ただの女に還元するわけではない。壊れても修復できない。だが、修復できたとすれば、偶像は抱けない。

にもかかわらず、岡野の言葉は奥の心に波紋を投げた。麗子の恨みは、奥の恨みでもある。偶像が串本に犯される場面を目撃しなければ、その後の奥の人生は変わっていたかもしれない。

麗子が言ったように怨念を維持するために、刺客《ボランティア》になった。怨念の根源に奥の偶像を破壊した串本が坐っている。

「保険なんか掛ける必要はありません」

奥はようやく言葉を返した。

「そうですか。あれほどの女の誘いを惜しい気もしますが、四宮麗子は我が方の戦力に加えておきましょう。いつ裏切るかわかりませんが、犯したあげく賄賂にまわした串本に対する恨みが消えぬ限りは、一応、我が方の陣営と考えてよいでしょう」

岡野は言った。

「四宮麗子先生の恨みがどうであろうと、私は串本を許しません。おそらく内村路子の死の背後には串本がいるでしょう。そしてその黒幕が本堂政方です。串本を懲らしめても、本堂を野放しにしている限り、内村路子のような犠牲者はこれからも出ます。本堂は権力に連なっている。いや、彼は権力そのものといってもよい。いまはばか息子の尻拭いで自粛していますが、政権を射程に入れています。あのような人物にこの国の舵取《かじと》りを任せるわけにはいかない。個人の力ではどこまでできるかわかりませんが、彼にも必ず弱みがあります」

「それが四宮麗子ですね」

岡野がにやりと笑った。

「そうです。四宮麗子先生は本堂の弱みを握っています。それも致命的な弱みを。彼女が我が陣営についたということは、隆車（龍車）に歯向かう蟷螂《とうろう》に龍が味方についたようなものです。それだけに危険性が大きい。へたをすると龍に呑み込まれてしまうかもしれない」

「まずはどのように仕掛けるつもりですか」

岡野が問うた。

「やはり、四宮麗子先生を使いましょう。手始めとして、串本の予定表をできるだけ詳しく調べてもらいたいと伝えてください」

「わかりました」

「予定表が取れたら、岡野さん、裏を取ってくれませんか。符合していれば、その予定は信頼できます」

「できるだけやってみましょう。串本は本堂の用心棒ですから、四宮麗子は串本の予定も調べられる位置にいますよ」

岡野は愉しい計画でもあるかのように請け合った。


翌日、四宮麗子から奥に直接電話がかかってきた。麗子は、

「岡野さんから聞きました。嬉しいわ。早速ですけど、岐阜県の郡上八幡という地名に心当たりがありますか」

と問いかけてきた。麗子から意外な地名を聞いて、奥の胸にいやな予感が走った。

「郡上八幡がどうかしましたか」

麗子の問いには答えず、奥は問い返した。

「本堂から串本を呼ぶようにと命じられて電話をしたところ、配下の者がなにげなく郡上八幡に行っていると答えたのです。これまで串本の生活圏にまったくなかったような地名が出てきたので、ちょっと不審な気がして、奥君の耳に入れておこうとおもったの」

「早速の連絡、有り難うございます」

まだ話したげにしている麗子の電話を一方的に切って、奥は取るものもとりあえず潤子の携帯に電話した。携帯は切られている。

潤子を預けている旅館にかけ直すと、主人が応答して、今日は欠勤しているという。

「無断で休んだことなど一度もなかったので不思議におもっていたのですが、若い女の子なので、なにか言いにくい急用でも起きたのではないかと気をまわして、家の方には連絡をしていません」

という職場の返事であった。

潤子が下宿しているアパートに連絡を取ると、昨夜から帰っていないようだという大家の返事であった。もはや串本が潤子を拉致したことは確実になった。潤子には郡上以前の友人や、身寄りの者への連絡は固く禁じていたが、うっかり彼らのだれかに現住所を洩らしたのであろう。それが串本の情報網に引っかかった。

さすがに串本である。奥の弱みを知っていて、潤子の行方を総力を挙げて探していたようである。串本の魂胆は見えている。潤子を餌にして、奥を誘い出すつもりである。大切な餌であるから、直ちに潤子の身に危害を加えるようなことはあるまい。ばかなやつだ。そんな餌を仕掛けなくとも、おれの方から出向いて行くものを、と奥は胸中につぶやいた。

潤子の拉致によって対決の時期が少し早まっただけにすぎない。

潤子の行方不明を確認した奥は、岡野に連絡を取った。

「さすが、串本。やりますね。まあ、どこに隠しても串本なら探し出すでしょうが」

岡野はあらかじめ予測していたかのように言った。串本が彼女を拉致しても、直ちに危害を加えることはないと奥同様に見ているようである。

「そんなことをしなくとも、私は出向いて行きます。無駄な餌を仕掛けるようなものです」

「いや、必ずしも無駄ではありませんよ」

岡野が言った。

「はあ？」

「彼女は餌ではない。いや、餌であると同時に人質です。つまり、奥さんの動き方次第によっては、いつでも害を加える用意があるということですよ」

「ならば、我が方も人質を取ります」

奥は言った。

「我が方も人質……」

「立派な人質がいるじゃありませんか」

「まさか……」

「四宮麗子先生に人質になってもらいましょう。彼女に本当に串本に復讐の意志があれば、協力してくれるはずです。そのための戦力でしょう」

「なるほど。妙案ですね。私も四宮麗子を我が方の人質にしようとはおもってもみませんでした」

「もし本堂や串本が、四宮先生が彼らの最大の弱みであると悟ったら、内村路子の二の舞いを演じるかもしれません。一刻も早く彼女を拉致、いや、保護すべきですね」

奥と岡野は以心伝心、四宮麗子が置かれている立場を悟った。

麗子の存在は本堂政方の脅威であろう。彼女が一言口を滑らせれば、本堂の営々として築き上げた権勢は雪崩《なだれ》のように崩落してしまう。

その弱みを握られていたので、新たな愛人ができても麗子を切れずにいたのであろう。

だが、腹中のダイナマイトのような女が、復讐の牙を磨きつづけていたと知れば、自衛のためになりふりかまわぬ手段を講ずるにちがいない。そんな汚い仕事のために串本を飼っているのである。

麗子の復讐の的は本堂ではなく、串本である。串本にしてみれば、麗子を取り除くことは飼い主の本堂のためではなく、自衛である。串本にとっては慣れた仕事である。

さすがの串本も、いまは水沢潤子の確保に意識を集めていて、四宮麗子の裏切りや、奥が彼女を〝保護〟しようとしていることにはおもいが及ばないであろう。事は急がなければならない。

「岡野さん、四宮先生の身柄を早急に確保してください」

奥は岡野に依頼した。このような非常事態に際しては、岡野は無類の機動力を発揮する。

「わかりました。まずは私の目の届く安全な場所に確保しましょう。ただし、なるべくならば我々が彼女の身柄を確保したことを、敵に知られたくありません。四宮麗子の意思で旅行でもするような体裁にしておきたいですね」

「名案です。本堂も串本も唯々諾々と賄賂になった四宮麗子先生の危険性に気がついていません。従順な賄賂だとおもい込んでいますよ。そこが狙い目です」

敵は四宮麗子が奥に確保されているとも知らず、潤子を餌（人質）にして奥を誘い出す。圧倒的な優位に立っていると敵におもい込ませておいて麗子を出す。たちまち攻守逆転して、本堂は崩壊する。

本堂の後ろ楯を失った串本は大したことはない。敵を絶対的優位の頂上に立たせたところで、足許を崩す。そのためには麗子の身柄確保をできるだけ伏せておきたい。獲物を手許に引きつけられるだけ引きつけておいて、一発必中の引き金を引く。敵の優位の自信が強ければ強いほど、その崩壊は劇的であろう。

5

早速、四宮麗子の身柄確保（保護）案は実行に移された。彼女自身が敵が仕掛けた罠であれば、この時点で奥はすでに敵の獲物となっている。だが、巨大な敵と向かい合うためには、どこかで賭けなければならない。賭けを恐れていては、戦えない。

麗子が復讐の維持《メンテナンス》のために味方をしてくれるのであれば、勝算はある。その勝算を確実にするために、岡野は彼女に保険を掛けるという。だが、彼女が罠の仕掛けであれば、そんな保険は役に立たない。

奥から、当分の間、東京から離れるようにと勧められた麗子は、

「ちょうどいいわ。旅行にでも出かけたいとおもっていたところなのよ。本堂も私がいなければ充分に羽を伸ばせるので、喜ぶわよ」

麗子はあっさりと承諾した。理由は聞かずとも、奥がいよいよ串本や本堂との対決の姿勢を打ち出したことを悟ったようである。身の安全のために、しばらく東京を離れていた方がよいと本能的に察知したらしい。

「奥君が一緒に来てくれれば、もっと愉しいのにね」

麗子は電話口で誘うようにささやいた。

「私が先生と一緒に旅行に出かけては、だれが先生の復讐《リベンジ》を果たすのですか」

奥が問い返した。

「それもそうだわね。だったら、リベンジを果たし終えた後、一緒に行きましょうよ」

麗子は愉しい計画を持ちかけるように言った。

受話器からフェロモンが吹きつけてくるようであった。またしても水沢潤子の面影が重なり合う。潤子とは別の種類のフェロモンである。潤子は偶像ではない。既成事実のある地上の女である。だが、破壊された偶像は、地上の女よりも生々しく、強い誘引力を持っている。

すでに心の神棚の位置に麗子はいない。これまではむしろ、本堂に贈られた賄賂として敵性の位置にあった。いまでも敵性の疑惑は消えない。それだけに危険なフェロモンを放っている。フェロモンは危険なほど吸引力が強い。

「当座の行き先は私が用意します。勝手に動いてはいけません。常に連絡が取り合えるようにしていてください」

奥は麗子のフェロモンに耐えて事務的に告げた。

「わかっているわ。でも、そんな冷たい言い方をしないで。私はいまでも奥君に犯されたとおもっているのよ。私にあんな言葉を吐かせた責任を取ってもらうわ」

麗子は怨じるように言った。言いがかりもはなはだしいが、怒れないところに、奥の男としての野心が揺れている。奥はそんな野心を卑しいとおもった。

まず、四宮麗子の安全を確保した奥は、串本の動きを待った。潤子を拉致したのは、奥を誘い出すためである。必ず串本の方から接触してくるはずである。奥の連絡先は潤子から聞き出すであろう。

奥の予想は的中して、奥の携帯の着信音が鳴った。

「おれの声に聞きおぼえがあるだろう。いろいろとお世話になっているからな。あんたの大切なものを預かっている。壊されたくなかったら、調布市との境界に近い狛江《こまえ》市域の多摩《たま》川の河原に、車の墓場がある。そこに今夜午前零時に来い」

「彼女の声を聞かせろ」

奥は言葉を返した。

「いいだろう。余計なことは話すな」

つづいて潤子の声が出た。

「ごめんなさい。来てはだめ。私のことはどうでもいいの。来てはだめです」

潤子の声が悲痛に呼びかけてきた。言葉半ばにして串本の声に替わった。

「彼女は無事だ。だが、言う通りにしなければ無事でいる保証はない」

「午前零時、必ず行く」

奥が答えると同時に電話は一方的に切られた。

多摩川に面した車の墓場ということであれば、昼間でも人目は少ないであろう。敵がそこに罠を張って待ち受けていることは明らかである。

奥は直ちに岡野に連絡を取った。

「今夜、多摩川の車の墓場か、考えましたね」

岡野は言った。

多摩川流域の平地と丘陵地帯は地域再開発の拠点となり、住宅化、工場進出が著しい。これが流域を汚染・荒廃させ、慌てて多摩川縁《べり》は全域緑化、鳥獣保護区域に指定され、砂利採取も禁じられたが、東京の膨張に相次ぐ行政措置も追いつかない。乏しい水量に汚染度がますます進む。

ようやく上流の清流化が進み始めるとおもうと、下流に不心得なドライバーが車を乗り捨てて行く。類は友を呼び、たちまち車の墓場となる。死屍《しし》に群れ集まるハイエナのように、乗り捨てられた車の部品を食い荒し、流れのかたわらに機械文明の恐竜の遺骨のように車の骨格だけが横たわる。

そこを潤子の引き渡し場所として指定してきた串本は、さすがに百戦錬磨である。逃路は多摩川によって断たれ、周囲に多数の伏兵を配置できる。多少の騒動《ドンパチ》を繰り広げても、近隣には届かない。

それに対して奥は孤立無援である。狙撃者は距離と身を隠すものがあってこそ、寡兵よく大軍を制することができる。串本は奥が取るべき芝居（有利性）をあらかじめ見越して、それをすべて封じてしまった。

「見え透いた罠ではありますが、緻密《ちみつ》に計算していますね」

岡野が、どうすると問うように、奥の顔色をうかがった。

「彼らはまだ我々が四宮先生を確保していることを知りません。四宮先生が起死回生の切り札となります」

「しかし、彼女は急場には間に合わないでしょう」

「策があります。岡野さんの協力が必要です」

「なんでもしますよ」

岡野は、奥がボランティアとしての総決算の機が熟しつつある気配に、奮い立っているようである。

矛盾との対決

1

内村浩から提供された写真を踏まえて、捜査本部では柚木まさみに対する任意同行要請を決議した。

柚木まさみが果たして本件に関わってくるかどうか不明であるが、内村路子の夫を当て逃げした共犯者とあっては、決して見過ごしにはできない。任意同行要請には棟居と牛尾、菅野、松家、および所轄署の捜査員も同道することになった。

午前八時、阿佐ヶ谷《あさがや》のマンション内にある自宅に突然、混成捜査員団の訪問を受けた柚木まさみは、まだベッドの中にいた。彼女にとっては早朝の時間帯に押しかけて来た刑事の集団は、驚天動地の事件であったようである。

熱海署の菅野刑事から、過日、熱海署管内の海に投身して死亡した内村路子さんについて聴きたいことがありますと告げられて、同行を求められた柚木は、眠気が一ぺんに吹き飛んだらしい。任意同行の要請であるので、断りたければ断れるが、動転していた彼女には、そんな知恵は働かなかったようである。

とりあえず身支度をした柚木は、最寄りの文化会館に同行を求められた。任意性を確保するために、警察署ではなく、事情聴取の場所を文化会館に用意しておいたのである。

会館の一室で改めて菅野や棟居、松家らと向かい合った柚木は、やや落ち着きを取り戻したように見えた。出された朝食には手をつけなかったが、茶をうまそうに飲んだ。

「朝からお呼び立ていたしまして申し訳ございません。お手間は取らせませんので、ご協力をお願いします」

菅野は低姿勢に申し出た。

「警察の方にはお知り合いが多いのですが、こんなに朝早くからお会いしたことはございません」

熱い茶を飲んで少しほっとしたらしい柚木は、それとなく警察の人脈をにおわせた。言外に警察の上層部にもパイプが通っているとほのめかしている。

「ご多忙のお体でしょうから、早速おうかがいします。この写真にご記憶がおありでしょうね」

菅野は用意してきた内村浩の提供写真を差し出した。

「あら、路子さんじゃない」

柚木は写真を一目見るなり言った。

「内村さんをご存じですね」

「もちろん。私のお店の子でしたから。路子さんが投身自殺をしたと報道されたとき、本当にびっくりしましたわ」

「自殺とは確認されていません」

菅野の言葉に、柚木は顔色を改めて、

「自殺ではなかったのですか」

と問い返した。

「自殺とも事故とも、また他殺ともまだわかっていません」

「でも、自殺の疑いが濃厚と報道されていましたわ」

「報道も自殺と断定はしていなかったでしょう。ところで、内村路子さんのご主人の内村浩さんにお会いになったことはありますか」

「いいえ。路子さん、結婚していたのですか。全然知りませんでした」

柚木まさみはひどく驚いたような顔をした。演技ではなさそうである。

「そうですか。内村浩さんは柚木さんに出会ったことがあると言っていますが」

「さあ、私は存じません。パーティーなどで一方的に私を見たのではないかしら。私は路子さんが結婚していたことを、いま初めて聞きました」

「実は、この写真は路子さんのご主人から提供されました。路子さんのバッグの中にあったそうです」

「お店でカメラをお持ちになったお客さまが撮ってくださることがございます。そんなスナップが路子さんのバッグの中にあったのですね」

「たぶんそうでしょう。内村浩さんは路子さんが亡くなった約一年前に当て逃げされて、車椅子生活の身となりました。内村さんのおっしゃるには、当て逃げをした車にあなたが同乗していたのを見たそうです」

菅野が突きつけた言葉に、柚木の顔が紙のように白くなった。突然、任意同行要請を受けたとき以上の衝撃に打ちのめされたようである。しばらく返す言葉もなく、全身を小刻みに震わせている。

「いかがです。お心当たりがありますか」

菅野は追及した。棟居と牛尾らが柚木の面に射込むような視線を当てている。

「知り……知りません。私には、そんな心当たりなんかまったくありません」

柚木はようやく言葉を押し出すように言った。

「内村さんは助手席にいたあなたの顔を見たそうです。運転していた人物はあなたの陰に隠れていて見えなかったそうです。同乗していた車が内村さんに衝突したことを知りながら、黙認していたとすれば、あなたは当て逃げの共犯ということになりますが……」

「私、存じません。そんな心当たりなんかまったくないわ。なんですか。突然朝っぱらから大勢で押しかけて来て、こんな写真を突きつけて、私を当て逃げの共犯にするつもりですか」

柚木は自衛のために立ち直り、切り返してきた。警察の任意同行の本命目的が、内村路子の死因詮索ではなく当て逃げにあると知って、深刻な衝撃を受けた模様である。

「おうかがいする前に、あなたの所有する車について調べさせてもらいました。内村浩さんが当て逃げされた半年ほど前に、あなたは赤坂にある新和モーター販売から新車を購入していますね。しかし、当て逃げがあった直後、ディーラーから廃車届を出していますね。新車購入の際、新和モーターの担当セールスマン・山上章氏の営業記録によると、T社の人気高級車イカロス２０００ＧＸＬを購入後、半年そこそこで廃車にしていますが、六百万円もした高級車を、そんなに早く廃車にしたのはなにか事情があるのですか」

と菅野は一直線に問いつめた。

「そ、それは、車の相性が悪かったからです。安定感は悪いし、ハンドルは重いし、燃費もかかりすぎなので、おもいきって廃車にしたのです」

「それほど相性が悪く、不都合な点があったのであれば、ディーラーに談じ込み、せめて下取りに出して新たな車と買い換えるべきではありませんか。購入後半年の人気高級車であれば、下取り価格も高いはずです。それをあなたは気前よく廃車にしてしまった。ただ気に入らないという理由だけではなく、その車を所有していては都合の悪い事情でも発生したからではありませんか」

「気に入らない車に無理して乗っていてもつまらないとおもったのです。廃車にしてはいけないという法律でもあるのですか」

柚木まさみは震える声でようやく言い返した。

そこまでも調べている事実を知った柚木は、警察の姿勢が並なみならぬものであることを感じ取ったようである。

「法律はありません。しかし、購入して間もない車を廃車にした理由に反社会性があれば、証拠隠滅の疑いが生じますね」

「弁護士を呼んでください。突然家に押しかけて来て、証拠隠滅だなんて、ひどい言いがかりだわ」

柚木は怒ることによって狼狽《ろうばい》から立ち直ろうとしているようである。

「ご希望とあればお呼びしますが、あなたはまだ容疑者でも犯罪者でもありませんよ。

弁護士を必要とするような状況とはおもいませんが。それともなにかお心当たりがあるのですか」

菅野以下、捜査員に顔を覗き込まれて、柚木はますますうろたえたようである。

「率直にお尋ねします。あなたが購入間もない新車を廃車にした理由は、内村浩さんと衝突事故を起こしたからではありませんか。我々はそのとき車を運転していた人物を知りたいのです。もし運転者がいなければ、あなたが運転していたことになります。内村浩氏の当て逃げ事故が発生した日時に、あなたがどこにおられたかお尋ねしたい」

菅野は一気に迫った。持ち札はこの写真一枚である。内村浩の証言も、当て逃げされた時点での動転と混乱の中での印象であるから、信憑性が低い。あくまでも関係ないと突っぱねられればそれまでである。だが、手繰るべき糸はこれ一本である。

当て逃げ発生時のアリバイを問われて、柚木まさみは返答に詰まった。菅野の質問は彼女の急所を射た。任意の事情聴取でアリバイを問われても、関係ない、あるいは忘れたと突き放せばすむことであったが、弱みを衝かれてうろたえた柚木は、それだけの知恵をめぐらす余裕がなかったようである。

「×月××日深夜午前零時三十分ごろ、あなたはどこで、なにをしていましたか。どうしました。お顔の色が大変悪いようですが。×月××日の夜、すなわち廃車届を出した三日前の深夜、どこでなにをしていたか話せないような都合の悪い事情でもおありですか」

菅野に顔を覗き込まれて、柚木はますます追いつめられた。

「もしお忘れのようでしたら、内村浩氏と会ってみられてはいかがです。おもいだすかもしれない」

菅野の口調は皮肉っぽくなった。

「やめてください。私には一切責任はありません。あのとき車になにか当たったようなショックが伝わって、うとうとしていた私が目を覚ますと、いったん停まりかけた車が加速していました。どうしたのかと聞きますと、なんでもない。あなたにはなんの関係もないことですと言われて、私は黙りました。後になってから、そのとき当て逃げしたと知ったのですが、すでに現場から離れてしまった後で、届け出る機会を逸していました。衝突のショックで車の前部が破壊されてしまったので、廃車にした方がよいと勧められるままに廃車届を出したのです」

「内村氏に衝突したとき、運転していた人物が廃車にしろと勧めたのですね」

「そうです」

「その人物はだれですか」

「……山上さんです」

「山上……ディーラーの担当者、山上章ですか」

「そうです」

柚木まさみはしぶしぶといった体《てい》でうなずいた。

「それでは、山上氏はなぜ下取りに出して、新しい車と買い換えるように勧めなかったのですか」

「勧めましたよ。でも、当分車を運転する気にならなくなったのです。また買い換えても気に入らなければ同じことになります。面倒くさくなったのです」

「死人に口なしですね」

「でも、本当です。彼があの夜、ハンドルを握っていて、突然路上に飛び出して来た形の通行人に車を当ててしまったのです。山上さんは当初、犬を轢いたと言い張っていましたが、報道で人を轢き逃げしたことを知りました。山上さんは少しお酒を飲んでいました。自動車ディーラーのセールスマンが飲酒運転中、人をはねたことが公になれば、免許取り消しになるだけではなく、会社も首になってしまいます。それで逃げたのだとおもいます。廃車にした代わりに、別の新車を弁償すると言いました」

「でも、いまだに弁償されていないようですね」

「弁償する前に死んでしまったのです」

事情聴取に当たった捜査員たちは顔を見合わせた。死人に口なしとたがいの顔は言っている。

事故発生時、加害者がどの程度酒を飲んでいたか不明であるが、道交法でいう「酒気帯び」は、血液一ミリリットル中に〇・三ミリグラム以上の酒精分、または呼気一リットル中に〇・一五ミリグラム以上の酒精分が含まれた状態である。

事故や違反をすれば、酒気帯びの罪が加重される。

これ以上となると酒酔いとなるが、車のディーラーであれば、その程度の知識は持ち合わせていたはずである。

だが、警察側の追及もそこまでであった。同乗していた柚木が加害車を運転していたのは山上だと言い張る以上、これを覆す証拠がない。

また柚木が事故発生時眠っていて、運転者が言う通り、犬を轢いたとおもっていたと主張すれば、共犯者の責任を問うことも難しくなってくる。

柚木まさみの状況は黒に近い灰色であったが、逮捕するだけの特定の罪を犯したことを疑うに足りる理由がない。これ以上、柚木を引き止めておく理由がなかった。

2

柚木まさみを帰した後、捜査員たちはそれぞれの心証を話し合った。

「巧妙に言い逃れましたね」

　松家が悔しげに言った。

「すべて死人《ほとけ》に押しつけてしまった。敵ながら見事というほかはありません」

　菅野は半ば感嘆したような表情をした。だが、悔しがったり感嘆したりしている場合ではない。

「柚木まさみはだれかを庇っています。罪を山上氏に転嫁したのも、どうもその場のおもいつきではないようです」

「つまり、当て逃げの主犯に言い含められていたということですか」

　菅野と松家以下、捜査員が棟居に視線を集めた。

「その可能性が大いにあるとおもいます。新車を廃車にして、柚木まさみと口裏を合わせておく。もしかすると、山上氏の死因もその辺から発しているかもしれない」

　棟居の目が宙を探った。

「山上の死因も……」

　一同は突然目の前に新たな展望が開いたような気がした。

「棟居《ムネ》さん、山上章氏のホテル墜落事故死も他殺の疑いがあるというのですか」

　松家が一同を代表して問うた。

「このような展開になってみると、山上氏の墜死は単なる事故とはおもえなくなります。一応、事件性なしということになりましたが、山上が内村浩氏当て逃げに関わっていたとなると、山上の墜死には外力が加わったという可能性も考えられます」

「つまり、内村氏を当て逃げした加害車には柚木まさみ、山上章以外のXが同乗していて、彼が事故発生時、運転していたということですね。Xは当て逃げした後、本能的に事件の深刻なことを認識して、同乗していた山上に相当の口止め料を払い、事件の黙認と、その後始末を頼んだのでしょう」

牛尾は棟居が新たに開いた視野を踏まえて推測した。

「ところが、山上は欲を出した。口止め料だけでは満足せず、Xや柚木まさみを恐喝した。このままでは一生しゃぶられつづける。そこでホテル墜落事故を偽装して、山上の口を封じたという成り行きですか」

松家が牛尾の言葉の後を補った。

「山上が内村氏の当て逃げ事故に関わっていれば、山上のホテル墜死は単純な事故としては見過ごせなくなります」

「しかし、当て逃げしたとはいえ、被害者は死亡したわけではありません。車椅子に縛りつけられる身にはなっても、リハビリによって社会復帰の希望もあると聞いています。事実を知っている山上を殺害するほどのことはなかったのではありませんか」

菅野が疑義を呈した。

「それだけ当て逃げの犯人が失うものを持っていたということでしょう。柚木まさみは、運転していた山上が飲酒していたと図らずも洩らしていましたが、Xが飲酒していたとすれば、責任は加重されます。事故発生時、内村氏の生死は不明でした。轢き逃げ犯人の動機は多様ですが、犯人に社会的地位や名誉があり、同乗者との関係が表沙汰になっては都合が悪い場合は、重要な動機として数えられています。Xには飲酒のほかにこのような動機が加わっていたのかもしれません」

棟居の意見に一同がうなずいた。

棟居の推測が的を射ていれば、柚木まさみは社会的地位と名誉のあるXを庇い、その責任を山上に転嫁している。

だが、山上の死因ににわかに疑惑が生じたとはいえ、その動機と疑われる内村浩の当て逃げは、その妻・路子の死因には結びついていかない。

そのとき牛尾がなにかおもいついたような表情をして、口を開いた。

「山上が死んだ夜、コールガールを呼んでいたそうですね。棟《ムネ》居さんが手弁当で調べて、呼ばれた女の子が部屋番号をまちがえて、隣りの部屋に行ったそうですが、彼女は間違えたのではなく、初めから指示された部屋に行ったのではないでしょうか」

牛尾の言葉にはなにか重大な意味が含まれているようであるが、一同は咄嗟にその意味を咀嚼できない。

「その女の子は新宿のモナリザというデートクラブに所属していました。モナリザは一誠会系串本組の収入源の一つです。もしかすると、モナリザが串本、もしくは一誠会の指示を受けて、故意に女の子に別の部屋の番号を伝えたのではないでしょうか」

「なるほど。あり得ますね。同じ夜、山上の口を封じようとしていたとすれば、女の子が来合わせてはいかにもまずい。そこで山上が呼んでいた女の子に、モナリザは隣室の番号を伝えたというわけですか。しかし、もしそうであれば、隣室ではなく、離れた部屋の番号の方が安全ではありませんか」

松家が問うた。

「部屋番号が山上の部屋からあまりにも離れていると、まちがえたとは言いにくくなります。そこで隣室にしたのではありませんか」

牛尾は答えた。

「隣室の客が女の子を呼んだおぼえはないと門前払いを食わせたら、どうなりますか」

菅野が問うた。

「彼女は店に電話をして、指示を仰ぐでしょう。モナリザは、別の客にまわしてもよいし、いったん店に帰って来るようにと指示をしてもよい」

「いずれにしてもモナリザが一誠会系のシノギの一つであれば、内村路子と接点が生じます。一誠会は本堂政方の重要な資金源であり、後援組織です。また串本は本堂の私兵ですよ」

棟居の指摘に、一同は一連の事件の背後に巨大な黒幕の黒い影を見たようにおもった。だれもが当て逃げ車に同乗していたXの位置に、本堂政方を置いていた。五里霧中であった捜査の方向に指針を見いだしたような気がした。

3

彼我《ひが》双方共に総決算のときは刻々と迫っていた。双方共に因縁の対決であるが、串本はまだ奥とは中学のころからの因縁であることを知らない。

串本がこの対決に勝利すれば、政権を射程に入れた本堂政方の全面的な支援のもとに、一誠会の覇権を握れる。本堂にとっても、奥に致命的な弱みを握られているとは知らないが、ボランティアからの脅威を取り除くことは、政権の獲得につながっていく。

本堂政方は絶対に刺客《ボランティア》を潰せと串本に命じた。ボランティアがいる限り、枕を高くして眠れない。特に中岡が襲われてからは、それまで歯牙にもかけていなかったボランティアの実力をおもい知らされて、最大の脅威となっている。

「闇から闇に葬り去れ。ボランティアは犯罪者だ。やつが消えたところで、だれも不審にはおもわない。もともと自らその存在を消している者が、本当にいなくなるだけだ。すべておまえに任せる。私は一切関係ないことだ」

本堂政方は串本に言い渡した。

「ご念には及びません。決してご迷惑はかけません」

串本は本堂に誓った。罠は入念に仕掛けてある。ボランティアは必ず来る。彼が餌（水沢潤子）を見殺しにすることは決してない。串本は自信を持っていた。

指定した多摩川河川敷の一角に出現した車の墓場には、何重もの罠を張ってある。一度獲物がかかれば脱出不可能である。

「積もる恨みだ。たっぷりとおとしまえをつけてもらう」

串本は荒ぶる神に誓った。串本は串本組の兵力を総動員して、ボランティアを待ち構えた。

「やつは凄腕の狙撃者だ。闇の奥に身を隠して、遠方から狙い撃ちするのが得意技だが、状況に応じてどんな手でも使う。若のバナナの切り落としや、中岡の指詰《エンコ》めを見ても、並みの刺客ではない。チャモワリ兄弟ですら、その一人を葬られた。だが、今度は勝手がちがう。身を隠す場所もなければ、紛れ込む人の集まりもない。飛んで火に入る夏の虫だ。ただし、尋常の虫ではねえぞ。くれぐれも油断するな」

串本は配下たちに言い含めた。河川敷の車墓場、大型車の骨格の中に、水沢潤子を八方から見えるように閉じ込め、周囲に何重もの伏兵を配している。見通しのよい河原《かわら》であるが、車の残骸や葦《あし》の根元、岸辺の流木の陰、窪地《くぼち》などには、銃器、日本刀、棍棒、チェーンなどそれぞれの武器を手にした配下の伏兵が、固唾を呑んで潜んでいる。

川は数日前に通過した台風の影響で、水位を上げている。川伝いにボランティアが来るとすれば、上流から舟に乗って下って来るであろうと、串本は川の上流にも備えを固めておいた。水流が速く、下流からはさかのぼれない。水深が浅いので、動力船は入り込めない。また動力船では音が所在を知らせてしまう。

串本は刺客は陸から来ると睨んでいた。まず、車で突っ込んで来るであろう。ボランティアとしても当然、伏兵は覚悟している。これまでボランティアは単独行動であったが、今度は複数の助勢を伴って来るかもしれない。

そうなると、兵力の差が勝敗を決める。単独行動に徹していたボランティアが、串本組を上回る兵力を動員できるはずがないと、串本は見ている。奇襲が得意のボランティアは水沢潤子を人質に捕られて、その得意手を封じられた。

「果たしてボランティアは来ますか。見る者が見れば、仕掛けの大きな気配はわかりますよ。野郎、怖じ気をふるって、尻尾を巻いて逃げ帰ってしまうんじゃねえかな」

串本の呼びかけに応えて参加したチャモワリ兄弟の兄が言った。

「その心配はない。野郎は必ず来るよ。潤子を見殺しにしたら、これまでやつがやってきたことのすべてを、自ら否定することになってしまう。潤子はやつの人生の価値観だよ。そいつを否定したら、生きている意味がない。必ず来る」

串本は自分に言い聞かせるように言った。

「人生の価値観ねえ、もともと価値観なんてものは持ち合わせていないので、この仕事をしているが……」

チャモワリの兄は鼻先で笑った。

「あんたとボランティアは生き方がちがうんだよ。あんたは何人殺したかおぼえていないだろうが、ボランティアは一人も殺していない。殺さずに、その人間の人生を完全に破壊している」

「それが価値観というものですかねえ。おれには、ただ甘いとしかおもえないが」

「余裕かもしれないよ。余裕があるから、命まで奪う必要はない。だが、今度はやつに余裕をあたえない」

串本の目が底光りを発した。

ボランティアに余裕をあたえぬということは、命のやり取りになるということである。兵力は圧倒的に優勢であり、戦場は何度も下見をして串本が選んだ。すべてにおいて芝居を取って（優位に）いる。

陽が落ちる前に月が出た。満月である。西の方にたゆたう残照を駆逐するように、月は位置を上げるに従い、光度を増した。

月光にはなにか不気味な毒が含まれているような趣きがある。風雅の対象になると同時に、不吉な毒素を含んでいるような光沢がある。月光盛んな夜、性犯罪が多く発するということも、月光の毒に冒《おか》されたのかもしれない。

この月光に染まって、これから凄惨な殺し合いが行なわれようとしている。串本は戦いの照明として、月光に勝るものはないような気がした。時刻は迫り、戦機は熟しつつあった。


同じ時刻、奥は同じ月を串本からほど遠くない位置から眺めていた。陽はとっぷりと暮れ、月光は川面に弾んで、水面を銀色の靄のように覆っている。遠方に消え残った人家の灯りがうるんで見える。

空は蒼《あお》い。昼の蒼さと異なり、手を伸ばしても染まらぬような拒絶的な蒼さである。月光に染まるとすれば、その光ではなく、月を源とする毒に染まるのかもしれない。

奥にとって月光は悪を懲らしめるエネルギー源であった。同時に、もしかすると的を殺すことになるかもしれない心の抵抗を騙す麻酔であろう。

月光は澄んでいるが、川面から両岸にかけては銀の紗をかけたように烟《けむ》っている。岸を洗う流れの音が静寂を深めている。夜気は爽やかで心地よい。月光に霞んでいるが、蒼い夜空の奥には星の群がそれぞれの陣形を張っている。保存できるものであれば、保存しておきたいような情景である。

奥はこの荘厳なまでの平穏な環境を、修羅場に変えようとしている。それも月毒のなせる業か。今夜まで多くの修羅場を踏み、死線を越えて来たが、今夜は潤子を人質に取られた上に、得意手をすべて封じ込められているので、生き残れる保証はまったくない。

串本が指定した時刻と場所に近づけば近づくほど、敵の気配が濃厚に煮つまってくる。尋常ではない兵力が潜んでいることを、気配が語っている。今夜は生き残れる保証がないのとまったく同じ確率と可能性で、これまでタブーとしていた殺人を犯すことになるかもしれない。

しょせん、正義の基準を自分自身に置いて、正義の代行者、執行者を気取った者の成れの果てであり、末路であろう。

それを承知しても、串本や本堂は許すわけにはいかない。串本には生涯風化しない私怨も刻み込まれている。私怨を正義の代行に加えるところに、奥のイデオロギーの矛盾がある。今夜はその矛盾との対決のようにもおもえる。

常ならば、月光から身を隠す奥が、全身に月光を浴びている。月光は川面に反射し、砕け、増幅して奥に注いでいる。これ以上、月光に身をさらして近づけば、敵に察知されるK点（限界線）まで来ていた。

4

捜査本部は新宿署、杉並署の協力を得て、内村路子と一連の事件の接点を掘り下げていた。特に新宿署の牛尾は、「モナリザ」の店長・杵柄治《きねづかおさむ》を糾問して、「山上章のホテル墜死当夜、彼から指名予約を受けていた水沢潤子に、串本から山上の待つ部屋の隣室に行くように指示せよと命令を受けた」という供述を引き出した。

山上の部屋ナンバーはチェックイン後、彼自身がモナリザに連絡してきた。それを受けた店長は、串本の指令通り、隣室のナンバーを潤子に伝えたそうである。

「そのときは組長（串本）が、なぜそんな指示をするのか不思議におもいましたが、たぶん組長のお知り合いが潤子の常連さんで、山上さんより先に指名されてしまったので、組長に頼んで、そんな指示をしてもらったのではないかとおもいました。でも、後になって山上さんがホテルの部屋から落ちて死んだと聞いて、びっくりしました」

モナリザの店長は、それ以上の深いいきさつは知らないようであった。だが、串本が山上の死因に関わっている疑いは濃厚になった。

ここに熱海署の捜査本部と警視庁は協議の上、まず串本英介に任意同行を求めて事情聴取をすることを決議した。

まず山上の線から串本を攻め、本命の内村路子の事件に結びつけていこうという作戦である。

早速、串本の居所が確認された。だが、その在所がつかめない。串本だけではなく、串本組全体が異常な緊張下にあるようであった。組員に総動員がかけられている気配である。それは戦争（抗争）の気配であった。

串本組は臨戦態勢にある。暴力団の事務所の多い新宿を管轄しているだけに、牛尾は敏感にその不穏な気配を感じ取った。

だが、現在、串本組には抗争中の組織はない。立林総帥の指導力が衰え、一誠会内部に次期後継者をめぐって水面下の工作が激しくなっているが、武力衝突には至っていない。そんなことをすれば、一誠会そのものが崩壊する虞《おそれ》があることを知っているのである。

とすると、串本組の臨戦態勢は抗争以外の敵に向けられていると考えられる。

ここまで思案を進めると、串本組が総兵力を集めて当たるべき相手は一点に絞られてくる。牛尾は棟居に諮《はか》った。

「ボランティア」

二人の意見は一致した。

串本はボランティアに何度も苦杯をなめさせられている。串本組とボランティアが対決しようとしている。棟居も牛尾も、この両者の対決が内村路子の死因から発しているような気がした。とすれば、串本の背後には一誠会と本堂政方が控えている。

捜査本部と関係各署は協力して、串本の動向と、その居所の確認に努めた。串本組の末端組員から狛江市域の車の墓場でボランティアを待ち伏せするという情報を得たのは、当夜の深夜に近い時間帯であった。


約束の刻限が近づくにつれて、緊張が高まっている。現場に屯した異常な静寂が、かえって凶悪な気配を濃縮している。虫のすだきがまったく聞こえない。岸辺を洗う流れの音が耳に高くつく。月の位置はますます高く、中天に近づいている。

刻限になったが、現場に近づいて来る者の影も気配もない。伏兵の緊張が極限に達していた。伏兵の中には小便をこらえている者もいる。

限界ぎりぎりになったとき、一艘《いっそう》の釣り舟が上流から下ってくる影が見えた。櫓《ろ》を漕《こ》ぐ人影が見えない。

「来た」

だれかが叫んだ。その声が緊張を破った。

「舟で来やがったか」

串本はつぶやいた。まだ彼のゴーサインがかかる前に、伏兵たちは隠れた場所から勝手に飛び出して、舟の方角に向かって走り出していた。

「待て。囮かもしれない」

串本が制止したときは、すでに加速度がついていた。数十人の伏兵は一番乗りを争って舟に向かって岸辺を走っている。

一瞬、舟が明るくなった。炸裂音と共に、舟が燃え上がった。舟を中心にして、周囲が真昼のように明るくなった。串本組の組員はぎょっとしてたたらを踏みかけたが、立ち直り、舟に向かった。舟で攻めて来る場合を想定して、鉤竿《かぎざお》や鹵獲《ろかく》用のネットも用意してある。

舟は炎上しながら鉤竿に引っかけられて、岸辺に引き寄せられた。串本以下、串本組の総員が燃える舟に注目していた。

その間隙を衝いて、下流から岸辺の川面に頭だけ出してさかのぼって来た影があった。影は潤子を閉じ込めた車の骨格の至近距離まで近づいて、岸に上がった。潤子のかたわらには串本とチャモワリの兄の二人しかいない。

増水している川を、まさか下流から遡行《そこう》して来る者がいようとはおもってもみなかった串本は、その方角にはなんの備えも施していない。

伏兵が炎上する囮舟に集中した。さすがにチャモワリの兄は串本のそばを離れなかった。

兄が気配に気づいて振り向くと同時に、目に激痛が走って、視力を失った。間髪を入れず、串本は頸動脈《けいどうみゃく》に冷たい金属の切っ先を当てられていた。最強の戦力と頼んでいたチャモワリ兄は、鞭の先に目を打たれて無力になっている。

「少し遅刻をしてすまない。それにしてもご大層な歓迎には恐れ入った。水沢潤子さんを返してもらう。へたに動けば頸動脈《ポンプ》が切れるよ」

奥の言葉に串本は動けなくなった。

「切ってみな。あんたに切れるかな」

串本はまだ強がった。ボランティアが人を殺《あや》めたことがないのをおもいだした。

「切る気はないが、私に切れないとおもっていたら大まちがいだ」

ボランティアの手に力が込められ、切っ先が触れている部位にちくりと痛覚が走った。潤子を救うためならなんでもするかもしれない。

ようやく舟が囮であるのを悟った配下が駆け戻って来た。彼らは串本が人質に取られていることを知って、騒然となった。

「子分たちに告げろ。囲みを解けと」

ふたたび切っ先に力が入って、痛覚が深く走った。

ボランティアは本気だ、潤子を救うためにはなんでもすると知った串本は、本物の恐怖で全身が慄《ふる》えた。これまでこのような位置に置かれたことはなかった。常に配下の厚い人垣に囲まれて、安全な位置から相手を脅していた。自分自身が人質に取られて、その神通力を失えば、死に直面した恐怖は人一倍強いことを知った。

「手を出すな。囲みを解け」

串本はなりふりかまわず配下に命じた。

「潤子さんの束縛《しばり》を解け」

切っ先に小突かれ、串本は潤子の手足を自由にして、猿轡を外した。

「奥さん」

潤子はほっとして叫んだ。このとき初めて串本はボランティアの名前を知った。遠い記憶が揺れたようであるが、奥の素性をおもいだしていない。

「歩け」

奥は潤子を連れて串本を追い立てた。配下たちは三人を遠巻きにしたまま移動している。

天の配罪

1

そのとき堤防の方角から河川敷に、夜目にも砂埃《すなぼこり》を巻き上げながら一台のランドクルーザーが驀進《ばくしん》して来た。ランドクルーザーは串本の配下の円陣を蹴散らすようにして奥の前に停まると、ドアを開いた。運転席には岡野がハンドルを握っている。奥は串本を押し込み、潤子と共に乗り込んだ。

三人が乗車すると同時に、ランドクルーザーは勢いよく発進した。配下たちが我に返ったように、廃棄車を装って現場に駐めておいた車に分乗して追跡を始めた。だが、高性能に改造してあるランドクルーザーにみるみる距離を開けられた。

車内に押し込まれた串本は、助手席に乗っている先客に愕然として目を見張った。そこには四宮麗子が、哀れな捕虜となった串本に、汚物でも見るような視線を向けている。

「麗子……おまえがどうして」

おもわず問うた串本に、

「あなたなんかに呼び捨てにされる謂《いわ》れはないわよ。私はこれからあなたに付き添って警察に出頭するつもりなの」

「なぜ、おまえが……」

串本は混乱していた。

「あなたと私の、そして本堂政方との腐れ縁を洗いざらい警察にしゃべってやるわ。もちろん麻薬の一件もよ。これで本堂もあなたも破滅ね。いい気味だわ。おぼえている。あなたが中学の音楽室で私をレイプしたことを。あのときから私はこの日を夢見ていたのよ。女を甘く見ないことね」

「そんなことをすれば、おまえも共犯だぞ」

串本は土俵際で悪あがきしていた。

「私は失うものなんかなにもないわよ。それに私は物よ。賄賂にされた物だわ。物には責任能力はないの。あなたが音楽室で私にしていたことを一部始終見ていた証人がいるのよ。おぼえていない？」

麗子が奥に視線を向けた。

「串本、久しぶりだな。いや、すでに何度も会っているが、あんたは気がつかなかったらしい」

奥に言われて、串本は、はっとしたような表情になった。先刻、潤子が奥に救われたとき口走った名前をおもいだしたようである。

「まさか……」

「奥佳墨だ。番長を手先に使って、あんたがいじめ抜いたいじめられっ子だよ。いまはボランティアと名乗っている」

「てめえ……」

串本はおもわず往年の番長の言葉遣いに返った。

「立場をわきまえろ。あんたはいま、俎《まないた》の上の鯉《こい》だ。いや、せいぜい泥鰌《どじょう》だな」

切っ先が少し深く刺さったらしく、串本は女性的な悲鳴をあげた。

「ようやく立場がおわかりになったようね。服を脱いでちょうだい」

麗子が命じた。

「なんだと」

「先生に対して言葉遣いに気をつけろ」

また切っ先に突かれたらしく、串本は出かけた悲鳴を辛うじて喉の奥に呑み込んだ。

「さっさと脱ぎなさい」

麗子の真剣な督促《とくそく》に、串本はようやく自ら衣服を脱ぎ始めた。

「下着も脱ぐのよ」

上衣とズボンを除《と》った串本に、麗子は容赦なく促した。

「なんのつもりだ……ですか」

「音楽室であなたが私に命じたように、最後の下穿《したば》きまで除《と》りなさい」

「早くしろ」

奥の切っ先に追い立てられるように、串本は全裸になった。潤子は目を逸らしている。フラッシュが浴びせられた。麗子が小型カメラで串本の情けない姿を撮影している。

このとき背後にパトカーのサイレンが聞こえた。ようやく警察が駆けつけて来たらしい。

「いまの警察に、この車に追いつけるパトカーはない」

岡野は自信たっぷりにハンドルを操っていた。

「せっかく警察がお出ましになったのだ。お土産を残してあげましょう」

奥が言うと、以心伝心、岡野が車速を緩めた。

「降りろ」

奥は串本に命じた。

「服を返してくれ」

串本は懇願した。

「私、あの日、パンティを脱がされたまま家に帰ったわ」

四宮麗子が言った。

「先生の言葉を聞いたか。警察への置き土産だ」

奥の言葉と同時に、串本は減速したランドクルーザーから突き落とされた。

ランドクルーザーは串本を路上に置き去りにして加速すると、闇の奥に消えた。そこに警察のパトカー集団が走って来た。彼らは路上の置き土産を発見して、急停止した。

串本はその場で〝保護〟され、任意同行を要請された。要請を拒否すれば逮捕の理由にされる。また一糸纏わぬ姿では、要請を拒む意思もない。

2

ようやく串本の所在を確かめた警察のパトカー集団が現場に駆けつけたのは、串本を拉致したランドクルーザーの逃走後であり、配下が追跡態勢に入ったときであった。パトカー集団に進路を阻止された配下は、多摩川に退路を断たれ、右往左往している間に、凶器準備集合罪でほとんど全員が逮捕された。

ランドクルーザーを追跡した棟居や牛尾らが拾い上げたランドクルーザーの置き土産が串本であった。串本は当初、黙秘権を行使していたが、配下たちがすでに口を割っており、当夜、ボランティアを現場で待ち伏せしていた事実を自供した。

警察は串本の自供に満足しなかった。ボランティアを待ち伏せしていた理由を問われて、ふたたび口を閉ざしたとき、四宮麗子が出頭して来たという情報が伝えられた。

麗子が警察に供述した内容は、驚くべきものであった。彼女の供述が事実であれば、政・財界に深刻な打撃をあたえ、現政権にも影響を及ぼす。

事態を深刻に受け取った警視庁、および静岡県警では、協議の上、本堂政方の事情聴取を決定した。

さらに、本堂に追い打ちをかけるように、多摩川河川敷に粗大ゴミの不法投棄に来た業者を逮捕して取り調べたところ、彼らは廃車の解体業者であり、暴力団や自動車窃盗《せっとう》団などと結び、盗んだ車や事故車、あるいは犯罪に用いられた車などを一味の自動車工場で解体し、使える部品は抜き取って、主に海外に不正輸出し、残骸の不法投棄を請け負っているグループであることがわかった。このコネクションに串本組が連なっていた。

そして、最近、組長の串本自身から、一台のT社製人気高級車をまわされ、その解体と投棄を依頼されたことを自供した。購入間もない高級車であったので、むしろ中古車業者にまわすように勧めたが、強く解体を要求したので不思議におもっていたという。

警察は車解体・不法投棄業者の自供を重視した。

この情報は熱海署捜査本部、および棟居や牛尾らに伝えられた。関連捜査員は緊張した。車セールスマンのホテル不審墜死や、車の窃盗団に関わっている疑いのある串本の身柄は確保している。警察は念のために件《くだん》の車の墓場を捜索した。

3

その結果、串本が解体と投棄を地下《アンダーグラウンド》の業者に依頼した車の残骸は、柚木まさみが山上章の勤めるディーラーから購入した車であることが確認された。

改めて串本を追及して、「柚木まさみから事故車の処分を依頼され、業者に委託した」という自供を引き出した。彼の自供が事実であれば、山上が事故車の処分をしたという柚木の供述は嘘になる。

大手ディーラーのセールスマンがアンダーグラウンドの解体業者や投棄業者とつながっているとはおもえない。

「その山上がホテルから不審な墜落死をした当夜、山上が呼んでいた水沢潤子さんに隣室の部屋番号を告げるようにと、『モナリザ』の店長に指示したのはなぜか」

と串本はさらに峻烈な追及を受けた。

言を左右にして言い逃れようとしていた串本も、ついに追いつめられて、

「事故発生時、同乗していた柚木まさみから、山上に轢き逃げの共犯だと脅され、恐喝されているので、なんとかしてくれと頼まれ、当夜、山上が指名した水沢潤子の店の者だと偽って、彼女を待っていた山上の部屋に行き、待ちかねている彼女が隣りの部屋で客を取っていると告げてベランダに誘い出し、覗こうとして身体を乗り出したところを突き落とした」

と犯行を認めた。

「そのとき加害車には柚木まさみと山上以外に、第三のXが同乗していた疑いが濃いが、おまえがXではないのか」

と糾問されると、

「自分ではない。おれはその車にだれが乗っていたか、まったく知らない」

と強く否認した。すでに山上殺害を自供した後、当て逃げを隠さなければならない必然性はない。

捜査本部と関連署は協議の上、改めて柚木まさみに任意同行を求めた。まだ任意取り調べの形を取っているが、すでに串本から、彼女が山上の口封じを依頼したという

自供を得ている。串本の自供が事実であれば、柚木まさみは殺人教唆の罪に問われる。

　警察の姿勢は前回の事情聴取とは格段に異なる厳しいものであった。今回は会館ではなく、新宿署に直接同行を求められた。最初からの行きがかり上、主たる取り調べには棟居が当たった。

「率直にうかがいます。あなたにはいま殺人教唆の嫌疑がかかっています。串本英介が、山上章に恐喝されているので彼の口を封じてくれとあなたから依頼された、と自供しています」

　棟居は一切の前置きを省いて言った。

「とんでもないことです。串本はでたらめを言っています。私がそんなことを依頼するはずがありません」

　案の定、柚木は頑として否認した。

「串本が頼まれてもいない殺人を、危険を冒して実行するはずがありません。あなたが頼まなければ、だれが頼みますか。串本はあなたから依頼されて、山上から購入して間もない車を解体・不法投棄業者に処分を委託しているのです」

「嘘です。山上が車を処分したのです。私は串本に依頼などしていません」

「嘘をついているのはあなたですよ。業者は串本から車の処分を依頼されたと言っています」

「それでは、山上が串本に依頼したのでしょう」

「ところが、山上と串本が初めて会ったのは、山上が死んだ当夜です。串本は山上が呼んでいた女の使いだと言って、山上の部屋に入ったそうです。それ以前に二人の間につながりはありません。つまり、あなたから山上を殺すように依頼を受けるまでは、串本は山上の存在を知りません」

柚木まさみは返す言葉に詰まった。

「柚木さん、あなたはだれを庇っているのですか。我々にはすでにあなたが庇っているXの素性がおおかたわかっています。四宮麗子さんがすべてを供述しましてね、Xは以前、麻薬に汚染されていました。現在は自粛しているようですが、政界の要職にある身が、過去、麻薬に汚染されていたという事実が公にされるだけで致命的です。

また四宮さんは自分自身が一誠会から賄賂としてXに贈られたと供述しています。賄賂は、人の欲望や需要を満たす一切の利益を含むものとされ、女性の情交も賄賂になります。Xと一誠会の親密な関係は公然の秘密とされています。Xは一誠会を主たる資金源として、その地位を利用し、陰に陽に庇護しています。両者は持ちつ持たれつの関係です。その一誠会からX宛ての賄賂とされた四宮さんの証言は、重みがありますよ。

すでにあなたもおわかりのように、Xは本堂政方氏です。あなたが彼を庇っても、本堂氏はもはや逃れられないところに追いつめられています。あなたが最初に供述したように、眠っている間に本堂氏が運転していた車が内村浩氏を当て逃げし、本堂氏が犬を轢いたと言った嘘を信じて届け出なかったとすれば、あなたの責任は軽減されます。当て逃げされた被害者の奥さんであった内村路子さんの投身にも、本堂氏や串本の関与が疑われています。本当のことを言ってください。すでにあなたが庇っても、X、すなわち本堂氏はどうにもなりません」

棟居に肉薄されて、柚木まさみは口を開いた。

「あのとき本堂先生が新車の乗り心地を確かめたいとおっしゃって、ハンドルを握っていました。私と山上が同乗していました。本堂先生にはお酒が入っていました。山上が運転を替わると言っても、先生は酔った勢いでハンドルを離しませんでした。私も少し飲んでいたのでうとうとしかけたとき、車にショックが伝わり、目を覚ましました。先生は犬をはねたと言って、そのまま現場を離れました。少し行ったところで、山上に運転を替わってもらい、私は自分のマンションで降ろされました。

山上は犬と衝突したショックで車が少しへこんでいるので、先生を自宅に送り届けた後、修理業者に運んで行くと言って、車を運転していきました。変だなとおもいましたけれど、私も酔っていたので詮索せず、後になってからおもいのほか車の損傷がひどいので、廃車にしたと先生がおっしゃって、車の代金を弁償してくれました。

だいぶたってから、山上が、内村さんは先生に当て逃げされたと私に言いました。そして、私を共犯者だと言い、刑務所に行きたくなかったら言う通りにしろと言って、私の身体と金を要求しました。おもいあまった私は、本堂先生に相談すると、自分に任せておけばよいと言ってくれました。そして間もなく、山上がホテルのベランダから墜落して死んだのです。ニュースを聞いたとき、私は咄嗟に本堂先生が私と本堂先生自身を守るために、山上を殺したとおもいました。あるいは山上は私と同時に、本堂先生を恐喝していたのかもしれません」

柚木まさみの自供は巧妙であった。

ほぼ事実に添っていて、責任は本堂政方にあるのであろうが、事件発生時、眠っていてなにも知らず、後になってから恐喝者から知らされたとは、見事な理屈である。しかも、山上の始末は本堂に任せていて、自衛を完璧にしている。彼女は事件そのものすら正確に認識していないことになっている。認識していないのであるから、共犯の構成要件である故意（殺意）がない。

再三、串本が取り調べられ、「山上の始末は柚木ではなく、本堂政方から直接委託された」という自供を得た。串本は本堂を庇って、この点に関して虚偽の自供をしたのである。

柚木まさみの自供を踏まえて、本堂政方に任意同行が求められた。本人の自供を得た上で逮捕状執行という作戦である。

政界の大物であるので、捜査陣は慎重な姿勢を取った。彼の直接の容疑は当て逃げであるが、本命の容疑罪名は山上章殺害の教唆である。さらには内村路子偽装投身にも連なっていくかもしれない。

本堂は任意同行要請に素直に応じた。驚いた様子も見せなかった。このことあるを予測していた模様である。捜査陣がすでに四宮麗子を確保していることも知っているようであった。本堂は最大の弱点を無防備にさらしておいたことを後悔していたかもしれない。

本堂の容疑は濃厚であったが、一応、任意性の確保のために区立の会館の一室を用意した。

本命の嫌疑は新宿署の管内で発生しているので、主たる取り調べには牛尾が当たった。

「突然お呼び立ていたしまして恐縮です」

牛尾は低姿勢に切り出した。

「かまわぬよ。私にできる協力はなんでもする。いつでも呼び出してくれたまえ」

本堂は鷹揚に答えた。

「有り難うございます。ご多忙とおもいますので、早速お尋ねします。先生は一誠会の串本英介をご存じですね」

牛尾はいきなり核心に触れた。

「もちろん知っておる」

本堂はあっさりとうなずいた。

「串本とはどのようなご関係ですか」

「関係というほどではないが、まあ、情報のパイプとして重宝しておるよ。私のような立場にいると、裏の社会の情報も必要となるのでね」

本堂は悠然と構えていた。

「実は、串本が容易ならぬことを言っております」

「ほう、容易ならぬこととは、どんなことかね」

本堂は悠然たる態度を崩さない。

「過日、新宿区内のホテルで山上章という自動車セールスマンが墜落死しました。死因に不審な点がありましたので捜査したところ、串本が浮かび上がりまして、彼が先生の指示を受けて、山上をホテルのベランダから突き落としたと自供しました」

牛尾以下、捜査員の目が本堂の面に集まった。

「ははは、これはまた冗談にしてはきついね。私がそんなことを串本に指示するはずもない。まさかきみらは彼の口から出まかせを信じているのではあるまいね」

「あながち口から出まかせともおもえない状況がありますので、先生のご意見をおうかがいしております」

「とんでもない言いがかりだよ。第一、私は山上などという車のセールスマンとはなんの関わりもない」

本堂のまばたきが少し速くなったようである。

「山上章には会ったことはありませんか」

「多数の人間に会うので、どこかで会っているかもしれないが、正確な記憶はないね」

「柚木まさみさんが、山上から新車を購入しています」

「ほう、柚木まさみがね。そういえば最近、免許を取ったと言っておったわ」

本堂はとぼけた表情をした。

「ところが、購入後、半年もしないうちに廃車にしています。柚木まさみは当て逃げをして、車が損傷したためだと自供しております」

「当て逃げ……犬でも轢いたのかね」

「おや、先生はご存じなかったのですか。犬ではなく、人間と衝突したのです。そのとき彼女の車には山上ともう一人が同乗していました」

「それが私になんの関係があるのかな」

本堂はますます茫洋《ぼうよう》たる表情になった。牛尾はそこに作為を感じた。

「実は、柚木まさみは人身と衝突したとき、先生が運転をしていたと自供しています」

「これはまた大変なことになったね。串本に山上の突き落としを指示した後、今度は当て逃げした車の運転を私がしていたというのかね」

本堂は声をたてて笑った。彼独特の磊落《らいらく》な笑い声であったが、空疎《くうそ》に響いた。本堂以外はだれも笑っていない。

「まあ、面白い話として聞いておこう。最近、久しぶりに面白かった」

「当て逃げ事故が発生した当夜、柚木まさみは先生と一緒にいたと言っています。もし先生が当夜、別の場所におられたことが証明されれば、彼女が嘘をついていることがわかります」

「それはアリバイかな」

本堂はまだ笑っていたが、目は笑っていない。

「そのようにお考えいただいてけっこうです」

「一年も前のことなので記憶が霞んでいるが、まさみがそんな事故を起こしたと聞いた当夜は、久しぶりになんのスケジュールも入っていなかったので、事務所から自宅に直帰して、早々と寝床に入ったとおもうよ」

当て逃げ事故については犬でも轢いたのかととぼけていたのが、まさみが事故を起こしたと聞いたと語るに落ちてしまった。

「先生が当夜、ご自宅に確かにおられたことを知っている人はいますか」

「家族がいるが、家族の証言はアリバイにならないのだろう」

本堂は先まわりした。

「電話はかかってきませんでしたか」

「自宅にはよほど緊急の用事でもない限り、電話はかけないように言いつけておる。つまり、アリバイがないということだね。逮捕するかね」

本堂はふざけて、両手首を重ねて差し出すジェスチャーをした。そんな行動が不自然である。

「先生は当夜、ポルトにいらっしゃいましたね。ポルトの店の者が先生を見ております」

「おや、そうだったかな。メモにとってないので忘れていたが、もしかすると、家に帰る前にポルトに寄ったかもしれぬな」

「立ち寄られていますよ。ママの柚木まさみと店の者がそのように証言しています。立ち寄られたのであればご帰宅はもっと遅くなったのではありませんか」

「不愉快だね。これではまるで犯人扱いではないか。これは任意の事情聴取だろう。

なんの権限があって、このような無礼なことを聞くのかね。総監に厳しく言っておく。私は忙しい」

本堂は憤然として席を蹴った。最初の協力を惜しまぬと言った悠然たる態度とは別人のようである。それだけ牛尾の追及が本堂の痛いところに触れたらしい。

「先生、それでは最後に一つだけ確認させていただきます。先生は柚木まさみの車に同乗したことはないのですね」

「ない。当夜に限らず、彼女の車に乗ったことはない。私は女の運転は信用しておらん」

「すると、大変困ったことになるのですが」

「困ったこと……？」

本堂の面の怒色に不安の色が上塗りされた。

牛尾に目配せされて、棟居が本堂の前に小さな物質を差し出した。本堂が訝しげな視線を向けた。

「どうぞお手に取って確かめてください」

棟居に促されて、本堂はその物質をつまみあげた。本堂の顔が束の間強張った。

「お心当たりがおありのようですね」

棟居が言った。

「以前、私が着用していたタイピンに似ているが、どこかに落としてしまった」

「先生のタイピンにまちがいありません。先生の印を象《かたど》ってあります」

「そう言われてみれば、そのようだね」

本堂はしぶしぶうなずいた。

「このタイピンがどこから出てきたか、ご存じですか」

「そんなこと、知るはずもないだろう。だいぶ以前に失って、忘れていたのだから」

「一年前ではありますが、当て逃げ事故が発生して、加害車を廃車にするまでの間に失われたのです」

それがどうしたというような目を本堂は棟居に向けた。

「このタイピンは串本がボランティアを待ち伏せしていて、逆に拉致された多摩川河川敷の車の墓場から発見されたのです」

棟居の言葉には重大な意味が含まれているようであったが、本堂は咄嗟に理解できないようである。

「奇しき因縁と申しましょうか、その車の墓場に柚木まさみの廃車の残骸が不法投棄されていたのですよ。その残骸の中から先生のタイピンが発見されたのです」

平静を装っていた本堂の顔色が変わった。

「一度も乗ったことがないと言われる柚木まさみの廃車の残骸に、どうして先生のタイピンがあったのでしょうか。納得のいくように説明していただけませんか」

棟居はつめ寄った。

「そ、そ、それは、警察が別の場所で発見したものを、そこに置いたのではないのか」

本堂は苦し紛れに言い返した。

「先生はたぶんそのようにおっしゃるとおもっていました。このタイピンを発見したのは我々ではありません。現場に投棄された車の残骸の出所を確かめるために、ディーラーの協力を求めたのです。タイピンを発見したのはディーラーです。彼らが先生のタイピンを他所から運んで来て、廃車前の車内や、投棄の現場に置くはずがありません。先生が車内に落としたタイピンが、投棄業者によって現場に運ばれて、ディーラーに発見されるまで放置されていたというわけです。つまり、先生が柚木まさみの車の中にタイピンを落としたというわけです」

「し、しかし、それがどうして当て逃げ事故発生時に、加害車内に残されたことになるのかね」

本堂は土俵際でこらえていた。

棟居が目配せして、今度は松家が本堂の前に一枚の色紙を差し出した。色紙には「天の拝命」と書かれ、本堂の名前に落款《らっかん》が捺《お》されている。彼が好んで揮毫《きごう》する言葉であった。

「この色紙にご記憶がおありですか。先生の揮毫に落款が捺されています。先生のタイピンの印は落款ですね。この色紙は、ポルトの従業員に頼まれて、×日の夜、すなわち当て逃げ発生の当夜書かれたものです。落款もそのとき捺されています。タイピンはこの色紙に落款を捺された後に落としたのです。先生以外のだれが、それ以前に加害車の中に落款を落とすことができますか」

棟居はぴしりと止めを刺すように言った。

本堂政方の自供に伴い、あらかじめ用意されていた当て逃げ容疑の逮捕状が執行された。捜査本部の本命は山上章殺人教唆、内村路子殺害容疑であるが、とりあえず業務上重過失致死、道交法違反容疑で立件して、本堂を追及するという戦略である。

串本英介は内村路子殺害への関連を自供しており、その背後の本堂の意思の有無が今後の捜査の焦点となっている。

すでに串本はトカゲの尾として切り離されているが、トカゲの本体である本堂自身が逮捕されたことは、彼の政治生命にとって致命的であった。

これに四宮麗子の供述を踏まえての「麻薬」容疑が加われば、もはや逃げ道はない。

4

パトカー集団の追跡を振り切ったランドクルーザーは、安全圏に逃れた。その後の展開は奥と岡野が予想した通りの方角に向かった。

串本の自供によって、ついに本堂政方が逮捕され、当て逃げを自供した。今後の取り調べによって、容疑罪名は追加、加重されるであろう。

四宮麗子は無罪放免というわけにはいかなかったが、進んで警察に出頭して自供した事実や、賄賂の目的物として、むしろ被害者の位置に置かれていたことが情状酌量《しゃくりょう》され、軽い罪ですみそうである。麗子は積年の恨みを果たした。

「私もそろそろボランティアをやめる潮時かとおもいます」

奥は岡野に告げた。

「泣き寝入りをしている被害者の救急車がなくなりますね」

岡野が言った。

「私一人が救急車になったところで、法の網を潜り抜ける悪どもは尽きませんよ。また自分の正義の基準は絶対ではありません。私もどうやら四宮先生同様に、私怨からボランティアをしていたようです。串本が年貢を納めて、私は人生の目的を失ってしまったような気がしています。私のボランティアとしての使命は終わったのだとおもいますよ」

「これからどうするつもりですか」

「潤子と一緒にだれも知る人のいない遠い小さな町に行って、喫茶店でもやろうかとおもっています。常連相手にうまいコーヒーを淹《い》れながら、のんびりと暮らすのも悪くないとおもいます」

「そうですか。私も時どき、そのコーヒーを飲みに行きましょうかね。だれも知らない遠い町に」

岡野が遠くを見るような目をした。

「ところで、新聞を見てふとおもったのですが」

奥はなにかをおもいだしたような目をした。

「なにをおもったのですか」

「岡野さん、私に保険を掛けてはどうかと言いましたね」

「保険……ああ、四宮麗子を確保するための保険ですか」

「そうです。あの保険は掛け損ないましたが、串本も保険を掛けたのではないでしょうか」

「串本の保険……？」

「彼は本堂から山上の口を封じるように命じられたとき、万一、自分がトカゲの尾として切られる場合に備えて、本堂のタイピンを保管しておいたのではないでしょうか」

「すると、あのタイピンは串本が……」

岡野がはっとしたような表情になった。

「その可能性もあるとおもいます。彼は本堂から加害車両の廃車を指示された後、車内に落ちていた本堂のタイピンを見つけた。本堂に返さず、手許に保管しておいて、山上の処分を命じられたとき、車の墓場に投棄された加害車両の残骸の中に、故意にそのタイピンを放置したのではないでしょうか」

「なるほど。あり得ますね。すると、串本は廃車の残骸が車の墓場に投棄されたことを知っていたことになりますか」

「知っていたとおもいます。串本が委託した投棄業者は一誠会のコネクションであり、串本は罠を仕掛けた現場に土地鑑がありました」

「自分の身を守る保険としてよりは、トカゲの尾として切り捨てられたとき、本体に報いる一矢にはなりましたね」

「私の推測にすぎませんが、本堂が好んで揮毫としたという『天の拝命』という言葉は、私には『天の配罪』のように聞こえます」

「奥さんが遠い町に行かれたら、当分会えなくなりますね」

岡野が寂しげな口調になった。

「落ち着いたら連絡します。うまいコーヒーを用意して待っていますよ」

「ご機嫌よう」

二人はどちらからともなく手を握り合った。

解説

七尾与史《ななおよし》
（作家）

私、七尾与史は山村正夫記念小説講座（通称：山村教室）に在籍しております。ここは作家志望者たちが集まる私塾であり、ここからデビューしていった作家たちも多数おります。本作の著者である森村誠一先生が現在の名誉塾長であり、つまり私は弟子になります。出来のあまりよろしくない弟子ですが。山村教室では師匠と弟子の関係ですが、作品を手に取れば著者と読者に他なりません。小説の世界ではたとえ著者が師匠であれ先輩であれ、彼らの作品を手にした者は駆け出しだろうがアマチュアだろうがわがままで辛辣《しんらつ》な読者になります。もちろん先方もそんな読者を「のぞむところだ」と歓迎します。特にエンターテインメント小説は著者と読者の真剣勝負になります。勝敗は実にシンプル。面白ければ作者の勝ち、そうでなければ負け。そこに敗者復活戦はありません。いきなり本番の一本勝負。作家はいつだって不特定多数の読者たちにシビアな戦いを挑まれます。作家という人生を送るならその勝負に勝ち続けなければなりません。森村誠一という作家が今も第一線で書いているのはそういうことなのだと思います。

さて、本作は刺客という特異なキャラクターが登場します。

刺客、いわゆる暗殺者といえばコミックではありますが『ゴルゴ13』が有名です。狙った獲物は決して外さない。常に冷静沈着で仕事に対するポリシーに微塵《みじん》もブレがない。自らの心理や感覚に至るまですべての事象を客観視して、相手を仕留めるためなら自ら傷つくことも厭わない。ゴルゴ13は長らく日本人の暗殺者に対する絶対的なイメージとなっています。彼を超えるキャラクターを創出するのは容易なことではありません。よほどのオリジナリティがないとゴルゴの焼き直しと見なされてしまいます。

さて本作『月光の刺客』では奥佳墨《おくよしずみ》という刺客が登場します。『棟居刑事シリーズ』の棟居弘一良、『牛尾刑事・事件簿シリーズ』の牛尾正直が登場しますが、本作における実質的な主人公は奥といえるでしょう。

彼はボランティアという異名をとる刺客です。ターゲットは主に法律では裁けない悪人。世の中にはそんな人間がいますよね。政治家、官僚、その他特権階級の面々。悪いことをしても金や人脈や権力を使ってなかったことにしてしまえる人たち。被害者やその家族たちはたまったものではありません。何も悪いことをしてないのに彼らの欲望の餌食となって人生を台無しにされたり、身体に不可逆的なダメージを負ったり、中には命を落としてしまう者までいる。その多くは泣き寝入りをするしかない。現実の社会でもそういう人たちはたくさんいます。小悪人はきちんと裁かれ処罰を受けますが、巨悪は表沙汰《おもてざた》にすらなりません。そうやって弱者たちを食いものにして彼らはさらに肥大していくのです。

奥はそんな悪人たちの抹殺を専門とする刺客《ボランティア》。巨悪の餌食となった弱者たちが彼に報復を依頼するのです。

しかし命までは奪いません。ターゲットの心身に絶大なダメージを与えて彼の拠り所となる、たとえば地位や権力を剝奪します。二度と返り咲くことができないよう徹底的に相手を陥れます。そのためにターゲットの素性や行動、秘密や弱みをリサーチする。緻密に計画を練りトラップを仕掛けて着実に仕留める。その手口は実に独創的であり、警戒しているターゲットの心理の裏を巧みについてくるものであります。遠距離からのスナイプばかりでなく、厳重警備の中、思いがけない接近戦も仕掛けてきます。そのあざやかな手口にはターゲットだけでなく、読者すら翻弄《ほんろう》されるというわけです。

それだけでも十分魅力的なキャラクターではありますが、前述の冷酷無比なスゴ腕狙撃手《スナイパー》ゴルゴ13との違いはやはり奥の持つヒューマニズムだと思います。奥のポリシーを表すこんな一文があります。

〈彼は被害者、およびその家族や遺族を心身共に救済する民間の救急車だと思っている〉

法治国家である我が国において私刑は許されることではありません。しかしそのような建前が巨悪を安穏とさせているという現実もある。現実社会では眉をひそめ唾棄すべきことでも小説の世界なら、読者にとって罪のない共感かと思います。ダークヒーローは虚構の世界でしか存在しえません。彼らの活躍が小市民である我々の溜飲を下げてくれるのです。しかしただ命を奪うだけでは空しさが残るだけです。奥佳墨のポリシーや手口は読者に大いなる説得力をもたらします。命を奪わないことでターゲットに贖罪《しょくざい》の機会を与える。しかもそれをしたところで再び悪事に復帰できない。被害者や遺族も報われる最良のやり方です。

そして彼のもう一つの魅力は存外にロマンティストであることです。この物語には水沢潤子と四宮麗子という二人の女性が出てきます。本来、暗殺者という人種は特に愛情という感情を自ら排除します。常に敵から命を狙われている彼らにとって愛すべき人の存在は弱点でしかないからです。ゴルゴ13に至ってはターゲットを仕留めるために彼に愛情を向ける女性すらも利用することがあります。この冷酷さもゴルゴの魅力といえば魅力なのですが、本来ロマンティストである森村誠一先生はそのようには描きません。やはりロマンティストが描く暗殺者も作者に負けず劣らずロマンティストなのです。それだけに愛すべき人を守るために多重のピンチに陥ります。彼らの愛する女性は例外なくか弱く、すぐに誘拐されてしまうという性質を備えているようです。それでも奥は諦めません。不撓不屈の精神で最後の戦いに臨みます。敵を討ち愛すべき人を守る。難攻不落と思える敵の牙城にどのように入り込んでいくのか。本作の最大の見所をじっくりと堪能していただきたいと思います。

さて本作は「暗殺者もの」に留まっておりません。物語の中できちんとミステリが展開しております。森村誠一ミステリといえばテレビシリーズでもお馴染《なじ》みの棟居刑事と牛尾刑事。本作でも二人の名刑事が顔合わせします。「暗殺者もの」でありながらミステリの部分が決してオマケになっていないところはさすがは森村誠一です。

刑事たちが暗殺者の影を追いニアミスをくり返しながらも、一連の事件の本質的な黒幕をあぶり出していく推理劇は水も漏らさぬロジックで構築されております。推察とそれに対する反証がくり返されながら、皮を一枚一枚剝くように真相が見えてくる。冒頭で起こるホテルでの落下事故。一見どうということのない事件ですが、その裏ではさまざま人間たちの思惑が交錯しており意外な人物にリンクしていきます。その行き着く先は当初刑事たち（読者も含む）が思い描いていた絵とはまるで違ったものになるでしょう。「暗殺者もの」がなかったとしても充分にミステリとして成り立つクオリティです。

このミステリが手に汗握る奥と巨悪の攻防戦の合間にくり広げられるのだから読者は息つく暇もありません。主人公は巨悪に追われ、さらに警察に追われるのだからなおさらです。ページをめくる指が止まらないという言い回しはこの作品のためにあるのではないかと思えるほどです。かくいう私もあっという間にのめり込みその日の寝食を放棄することとなりました。戦いの行く末と事件の真相を知らずして寝付けるとはとても思えなかったのです。

そして本作の大きな魅力を語るのに敵役は外せません。奥佳墨は屈指の刺客ですが、対する敵も彼を凌《しの》ぐスゴ腕揃《ぞろ》い。暴力団一誠会の串本に玩具壊し《チャモワリ》兄弟。真っ向勝負では勝ち目のない相手に奥は頭脳プレイを仕掛けていきます。しかし相手もなかなかの策士。互いに裏の裏を掻きながらトラップを仕込んでは敵を迎え撃ちます。そんな状況の中、わずかな判断ミスが命取りになる。じっと息を潜めつつ敵の様子や思惑を窺《うかが》いながらも、常に薄氷を踏むような緊迫感あふれる戦闘に釘付けになります。

スゴい男たちがスゴいところでスゴい戦いをくり広げてくれるわけです。主人公を応援しながらも、敵役にも負けてほしくないという思いも抱きました。それだけ彼らは魅力的なのです。敵ながらあっぱれ、筋金入りのプロフェッショナル。彼らは権力者に雇われているわけですがそんな利害を超えて、自らのプライドを懸けて主人公に立ち向かっています。

すべての戦いが終わり、奥佳墨の今後が彼の口から語られます。
ええ？　そんな暢気《のんき》な人生送るつもりなんですか～⁉
もっともっと彼の活躍を見届けたい。さらなる巨悪を打ちのめしてほしい！
そしてなにより奥佳墨にまた会いたい！
さらにパワーアップした続編を期待したいところです。

実業之日本社文庫 も13

月光《げっこう》の刺客《しきゃく》

2014年2月15日　初版第一刷発行

著　者　森村誠一《もりむらせいいち》

発行者　村山秀夫
発行所　株式会社実業之日本社
〒104-8233　東京都中央区京橋 3-7-5 京橋スクエア
電話 [編集]03(3562)2051 [販売]03(3535)4441
ホームページ http://www.j-n.co.jp/
印刷所　大日本印刷株式会社
製本所　株式会社ブックアート

フォーマットデザイン　鈴木正道(Suzuki Design)

ISBN978-4-408-55160-9（文芸）

本書は、二〇一〇年一月に単行本として、二〇一二年一月にノベルスとして、小社より刊行されました。

＊本作品はフィクションであり、実在の個人および団体とは、一切関係ありません。（編集部）